魔神仔

說妖

被牽走的巨人

瀟湘神——著

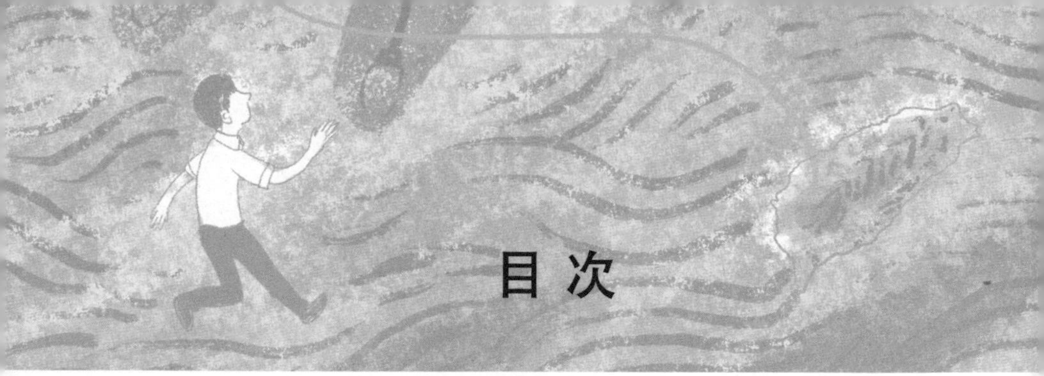

目次

最初那個島是沒有名字的。銀色的海浪圍著它，時不時踏到島上，像在尋找什麼，又總是徒勞無功地回到它們天藍色的母親身邊。島的西南方有座巨大的島——比它大多了，後來那座巨大的島被稱為「福爾摩沙」，那是好久好久以後的事，久到時間都打了個盹。

在時間打盹前，那是什麼時候的事？是數百年前，還是數千年前呢？那時，有群巴賽人到了島上，他們說，就叫這裡「圖門」吧，那是小島的第一個名字。啊，何等美麗又毫無意義的名字啊！就跟時間一樣，時間也是毫無意義的。當潮汐與小島嬉戲的時候，她不過就是擺動她的雙腳，讓人誤以為潮汐是她造成的。但並非如此，時間什麼都沒想，就只是百無聊賴地計算著。

沒人知道時間採用的單位，因此計算也屬白費。在時間偷偷睡著的時候，西班牙人來了，他們在島上建起堡壘，並賦予偉大的救世主名號。啊，聖救主，啊，聖薩爾瓦多。他們離開後，堡壘荒廢了。荷蘭人緊接著來，他們修復了堡壘，迎戰鄭家王朝——可怕的戰爭！不過，無論是多響亮的砲火，都無法喚醒時間。時間在半夢半醒間擺動她的腳，像那些銀色的浪在月光下閃耀。

荷蘭人也離開了。他們在洞穴裡留下文字——或許是為了躲避時間的目光吧？那些文字靜靜地保留著，像被遺忘了。那段期間，漢人把島稱為「大雞籠嶼」，後來改稱「社寮」；他們跟巴賽人住在一起，溫良地、市儈地、和平地、權謀地。接著日本人來了，他們帶來工業機具、鋼筋水泥，原本圖門跟福爾摩沙隔著海，但鋼筋水泥卻像巨大怪獸，將兩個島咬在一起，彷彿它們必須共享彼此的命運。命運笑了。

沖繩人跟著日本人來，他們唱的島嶼之歌，是島上的第四種語言——還是第五種、第六種呢？蛇味線的旋律啊，這小小的島嶼也有鄉愁。現代悄悄地到來，帶來了帝國、歷史、價值、意義，於是小島的黑夜降臨。但是，在黑夜來臨前，小島一定有過魔幻時刻。那是暮光泯沒，夜晚卻尚未到來，短暫而神奇的時刻，是無法以任何紀年標記的時刻。

巨人——

是在那時被島嶼放逐的。

在那個拒絕被記錄的年代，社寮已有漁村。居民們與海搏鬥，以矯健的身姿收穫魚群；一天，海上漂來龐然大物，銀色的浪把它送到岸上，那是隻巨大的草鞋，沾滿海草跟魚卵。那隻草鞋有多巨大呢？漁民找來村裡最壯碩、腳掌最大的男兒，讓他踏在草鞋上，這草鞋竟比他的腳掌大了八、九倍。

島民們害怕又擔憂。這隻草鞋的主人，一定是小山般的巨人吧？要是巨人渡過海，來到社寮，他們該怎麼辦？人們爭相討論著，對巨人的恐懼越來越強；那巨人想必一隻手就能把人抓起來，像咬檳榔般丟進嘴裡吧！令人絕望的流言在漁村裡擴散。

但有位聰明的島民這麼建議：「我們害怕巨人，巨人也害怕更大的巨人吧！不如我們編一隻更大的草鞋，送到海裡，巨人便不敢過來了。」

啊，這是何等機敏、何等睿智的提案啊？島民讚揚他，歡天喜地。他們搬來大量稻草，投入全副精力編織草鞋，做工能多細就多細，材料能多堅韌就多堅韌，最後這隻緊實的草鞋，竟比飄來的還大三倍！人們抬著草鞋，嚴肅謹慎地走進大海，海浪淹過他們的膝蓋、吞沒腰際，他們唸著咒語，將這幻想巨人的足拓推向草鞋漂來的方向。

巨人就這樣被放逐了。

對巨人來說，這是多可悲又可恨的事啊？為了驅趕巨人，島民們創造了張牙舞爪的幻夢，又將幻夢如垃圾般丟棄；只存在於虛構的巨人，從此被拋向海的彼端，漂泊流浪，永遠無法上岸……

這是個關於巨人的故事。

一

「我不想飛了。」

駕駛艙裡，機長這句突然的告白讓副機長睜大眼，同時腦中閃過幾個恐怖的念頭；他們位於高空三萬五千英尺，換算成公制，大約離地十公里，已闖進地球外側那團有如生物毛皮的大氣層，比珠穆朗瑪峰還高。人類抵達這個高度，是科學的奇蹟，但他們就像滑翔在死亡的蟬翼上，因為除了微生物，對流層與平流層間不存在人類觀測規模下的活體，零下數十度的嚴寒能瞬間剝削動物界一切熱能，讓生命徵兆歸零。人們能活著是因為這個空中溫室確保了宜人的溫度與氣壓，但只要一個疏忽——或惡意——萬有引力就會將地球表面拖來，海洋變成鐵鎚，將數百名乘客砸扁，像打死牆上的蚊子。

副機長的瞠目結舌似乎不在機長預期中，他露出迷惘的神色，帶著難以掩飾的靦腆。接著，他恍然大悟地笑了：「你在想什麼？我不是說這趟！我是說我想辭掉機師，不飛了。」

副機長誇張地呼出一口氣，伴隨著口哨。

「嚇我一跳。別開這種玩笑啊！學長。」

到了三萬五千英尺才不飛——這讓副機長想起前幾個月的事。一架德國廉價航空的機長蓄意自殺，竟帶著四百多名乘客一起撞山，真是瘋了！或許就是這件沒過多久的悲劇讓副機長這麼敏感，竟錯估了那句平凡無奇的話。

不過為何機長要辭職？副機長有了新的疑惑。機長才三十幾歲，向來被看好，要是沒意外，應該能穩定做到退休，享受讓人垂涎的薪水與退休金，況且之前受了這麼多訓練、還忍耐了這麼多不人道的差遣，要是離職，那些犧牲就白費了。

「學長，你怎麼不飛了？難道是生病？」

對飛安來說，機師健康當然很重要。

「因為我最喜歡的作家前段時間過世了。」

什麼？副機長傻眼。機長看他的反應，嘴角拉起看不出情緒的微笑，彷彿是被機器拉出來的。他說：「開玩笑的。不過……嗯，其實也沒什麼特別的理由。」

他看向前方。視野盡頭，雲層與外太空散射而來的藍光交匯成直線，那條線永遠不會變化，也無法逼近。機長說：「你看，前面什麼都沒有對吧？」

「唔……我覺得再怎麼說也有雲，下面還有海喔。」

機長又笑了，依然是那種事不關己的笑。

「我是說……你看，那裡不是什麼都沒有嗎？沒有地圖上的經緯線，也沒有國界。我就是喜歡那種消除一切國界的感覺才飛的。但事實上，國界還是存在吧。偏離軌道亂飛就會被警告，畢竟領空是很敏感的。既然如此，那我幹麼飛？」

副機長差點接不下話題。最初那個理由看似文青，至少還算是理由，但剛剛那番話呢？既虛無又多情，或許比前面的理由還要文青吧！副機長說：「既然如此，學長有沒有考慮飛到卡門線？那裡領空就管不到了。」

卡門線是外太空與大氣層的分界。機長知道他在開玩笑，仍說：「哼，海拔三十多萬英尺，真遺憾，那裡根本不可能飛行。不過也是，或許只有那種環境才能擺脫國界，那種人類絕對無法倖存、連飛機都無法停留的環境……」

哇，這個人在吟詩嗎？副機長嘆氣：「學長，坦白說我不懂。你是因為剛剛說的那種理由不飛？太可惜了吧。而且不飛的話你打算做什麼？地勤嗎？」

「我沒想這麼多。」

「那我看你還是別這麼急，你不是有要結婚的女友？結婚很花錢的。」

副機長說得彷彿很有經驗，其實只是人云亦云，他連女朋友都沒有；或許是陶醉於指導的立場，他沒注意到機長潛藏在眉頭與眼角的憂愁。

「我還沒打算結婚。」

「什麼？但你們不是交往五年了，再兩年你就要開始癢了喔——」

他話裡的下流意涵令人生厭。也不知是誰開先河用了「七年之癢」這種說法，意指男女相處久了，就會外遇，副機長這話顯然是暗指機長再兩年就會外遇。可能有人把這種玩笑當成親暱的表現吧！但機長表情沒變，也沒回答，他直視前方的樣子就像真的要飛到外太空。副機長猜自己說錯話了，馬上轉移話題：「抱歉，尿急，去一下廁所。」

沒等機長回應，他拿起對講機，通知空服人員自己要去廁所，然後溜出駕駛艙，像是逃離什麼般躲進盥洗室。

學長不飛了——副機長脫掉褲子後突然有些寂寞。真稀奇，他無法瞭解這種感傷從何而來，因為他跟機長稱不上熟稔。

不過，機長有種讓人舒適的安靜，作為同事，這或許是會讓人懷念的特質吧？他記得有次在地面上，機長拿著飲料，透過玻璃望著天空，靜謐到近乎透明。

「沒有國界啊……」

其實副機長也不是完全不懂。沒有界線、無拘無束，彷彿沒有東西能綁住靈魂，就像一個人戴耳機被搖滾樂轟炸的快樂，那種不分你我、如幻夢般的狂歡，能讓任何年輕的靈魂崇拜吧？但現實沒這麼絢爛。雖說是在飛，其實是被困在狹窄的駕駛艙，有時甚至要十幾、二十個小時，落地後不能逛街，很快又要出航，不然也只能住在離機場很近的旅館。毫無自由的空中玻璃缸——這才是現實。

機長是夢想幻滅才不飛的？但要是不能與現實妥協，就無法成人。他比機長年輕，卻更能認清現實，這讓他浮起優越，甚至認為機長的浪漫令人憐惜，有如少年。

忽然飛機晃了一下，機長的聲音傳來。

「各位乘客，前方有亂流，請繫上安全帶。」

是全機廣播。有亂流啊，副機長盤算著該回駕駛艙了，便穿起褲子，繫上腰帶。但機長的聲音繼續傳來：「欸？Appa，你哪會佇遮（在這）？」

——廣播沒關嗎？副機長忍不住埋怨，該不會被龜毛乘客投訴不專業吧？說起來，學長居然用臺語說話，真罕見……

不，不對。學長在跟誰說話？駕駛艙裡應該只有學長啊！某種不尋常的預感從腳底滑到副機長頭頂，令他頭皮發麻。

「是啊，我知影，大海足開闊……你欲去佗位（哪裡），我嘛欲去……」

廣播傳來雜音，像被電波干擾，接著傳出尖銳的聲響，對講機似乎碰撞到什麼，讓人聯想到爆炸；為何學長一個人在駕駛艙中自言自語？副機長想到一種可能：高空引發的精神病。如果只是喃喃自語就算了，但副機長不在駕駛艙中，無論發生什麼事都無法阻止！責任感如冷水灌進頭腦，副機長渾身僵硬，愧疚與恐懼像被點燃的酒精，他衝出盥洗室，飛奔到駕駛艙外，用力拍門。

「學長，你有聽到嗎？讓我進去！」

他聲音太大了，這可能讓乘客惶恐，但他越想越害怕。

要是學長不開門怎麼辦？要是幾秒鐘後，飛機開始不自然地傾斜怎麼辦？自己在這裡用力拍門，不就跟那班德國廉航的副機長一樣嗎？原來突然被丟進命運的波濤是如此無力！這時，駕駛艙的門打開了，副機長衝進去，打算制伏發瘋的學長，但眼前的景象讓他目瞪口呆。

駕駛艙裡空無一人。

這不可能啊？

但真的沒人。駕駛艙很小，一目了然，不可能藏人的。明知如此，副機長還是強迫症般地檢查所有死角。廣播用的對講機掉在地上，副機長順手放回去，惶恐到頭髮都要豎起來。

不可能，真的不可能，剛剛有人從裡面打開駕駛艙的門！為了應付劫機之類的事故，飛機起飛後，這扇門就不能從外面打開，只能從裡面開。既然門開了，就表示開門的那刻，裡面有人。

怎麼會這樣？

副機長拿起聯絡空服員的對講機：「喂，我是副機長，有任何人剛剛看到機長嗎？」

「沒有耶，剛剛的廣播是怎麼了？」

「機長不在駕駛艙！」副機長急著將內心的恐懼潑出去，盼望誰能給他一個答案，「剛剛我去廁所，聽到廣播後就出來，但回到駕駛艙，機長已經不見了！」

「什麼？怎麼可能？」

「我哪知道！你們快找看看，不要驚動乘客。」

副機長掛上對講機，慢慢意識到自己的反應有多離譜。這是他的缺點，一遇上預料外的事就方寸大亂。不過有什麼好慌的？就算不在駕駛艙，學長也一定在飛機上，這可是三萬五千英尺！

空服員一定會找到機長，駕駛艙的門也一定有解釋，說不定是機率千萬分之一的故障，而他剛好有這樣的幸運；副機長坐上機長的位置上，手握操縱桿，滿手是汗。他的制服也被冷汗滲透。不知為何，明明機長一定還在飛機上，他卻開始思考找不到該怎麼辦。

不，不，一定找得到的，學長一定馬上就回來。

不過，就算是精神異常，學長究竟是在幻覺中跟誰講話？他說要跟著去的地方，又是哪裡……？

二

通過長長的縣道，就是海了。羅雪芬下了計程車，拖著行李走上斜坡，這條赤裸乾裂的水泥道路與海岸平行，漂流木被白沙覆蓋，些許奮勇的綠從潮間帶上方的石頭縫裡鑽出，整個海灘看來就像荒蕪的時間沙漏。在通往海灘的細小階梯旁，貼著意外溺死事件頻繁的告示，提醒遊客注意安全。

根據計程車上看到的景色，她覺得這個海港跟她記憶中沒太大差別，但也可能變了很多，只是她沒注意到。上次來是十幾年前的事，別說細節，連印象都很模糊，只記得瑣碎的片段，像在懸崖的岩石旁嬉鬧，或是豔陽下徒步走過巨大、白色的橋，橋旁曬了漁網跟琳瑯滿目的魚乾。

這些記憶真的太零碎了。沒辦法，當年她只是跟著社團出遊，領隊的同學帶她到哪裡，她就跟到哪。甚至在抵達目的地前，她還不知道這裡是南方澳；

那時他們是來看南天宮的金媽祖，據說兩百多公斤重，價值上千萬，隨著國際金價波動，甚至可能上億，因此這尊金媽祖被當成重寶供奉著，廟裡到處是監視器。

時至今日，雪芬根本想不起那個金媽祖的大小跟樣貌，只記得當時感到「俗不可耐」——但這種想法只不過是年輕的傲慢。作為社會線記者，她已深知金媽祖不只是炫富，還關係到地方凝聚力。

記憶中，她對媽祖毫無興趣，只是兩手合十朝媽祖拜了拜，盡到禮數，就走出廟門。廟門正對著漁港，滿滿的船隻水洩不通，它們到底要怎麼出去？這麼想的時候，廟口的陳鑫垚指著右邊說：「我老家就在那。」

那是很突兀的話題，但另一個社員很感興趣，立刻追問：「這裡是你老家？那你應該很熟南方澳吧！這附近還有什麼好玩的？」

雪芬也不記得鑫垚當時的回答，隱約記得他說「我老家背對著海，既是南方澳又不是南方澳，在南方澳的裡側」，因為這話有些莫名其妙，甚至故弄玄虛，所以她還留著印象。好像也有人繼續追問，但話題很快就被拋下，畢竟南方澳不是終點，他們還急著趕路；不管鑫垚多熟悉南方澳，都不會臨時改變行程。

「是今天入住的羅小姐嗎？」

民宿老闆客氣地問，看來今天除她以外沒人入住了。雪芬說「是啊」，拿出證件，老闆檢查後領她到房間，笑著說：「這裡風景很好喔，能看到海景，天氣好的話特別漂亮。」

就像老闆說的，這間民宿位於海灣末端，雖然有點距離，但能看到最遠方的岬角；可惜房間裝潢有些俗豔，像要裝潢成大飯店，卻資金不足，只用了廉價品，結果沒了富麗堂皇，連海邊住家的情調也沒有，相當可惜。

從窗戶看到的這片海岸，有部分被房子擋住。沿著遠方岬角而來的海灣，本該蜿蜒如少女的微笑，這幾年來已是知名觀光景點，稱為情人灣；要是天氣好，想必能讓人打從心底溫暖起來吧？但今天只看到灰綠色的海，海浪匍匐席捲而來，轟轟如雷，無情又陰鬱。

「情人灣」聽來浪漫，卻沒改變海的本質；這片海繼承了臺灣東海岸的危險性格。往海的方向走，即使一開始很淺，也會在某處驟降；要是一時不察，很容易發生意外。美麗與死亡總是鄰近的——這麼說或許讓人想到激情的危險，紅與黑，愛與死，玫瑰與槍，但這片海存在的是截然不同的東西。

羅雪芬向老闆道謝，關上門，放好為數不多的行李，把手機拿出來，打開錄音程式。

「二〇二五年六月十二日下午四點，剛剛抵達南方澳民宿，這裡是陳鑫垚的故鄉，雖然沒什麼根據，但或許能找到他失蹤的線索。我已經試過好幾條線，全都碰了壁，要是這裡還找不到的話——」

說到這，她不知該如何繼續，按下暫停。

陳鑫垚是她大學社團認識的學弟，兩人很聊得來。雖然當時社團流動著濃郁的求偶氣氛，但他們沒發展出曖昧關係；羅雪芬對他的好感無關男女，而是他與周圍的距離感讓雪芬感到舒適。畢業一、兩年，雪芬還會找社團學弟妹出來吃飯，包括鑫垚。但隨著她越來越忙，這份關係便疏遠了。陳鑫垚不太用臉書，雪芬無從得知他的近況，本以為不會再見，但這位學弟的消息卻以預想外的形式再度傳進她耳中。

她坐在床上，緩緩躺下，放鬆成大字形。由於長期失眠，她一碰到床就想睡，但又做不到，因為她的身體與大腦總是保持毫無意義的緊繃，在墜入睡眠的瞬間驚醒。她試著整理迄今發生的事。

七天前，一班臺灣飛往日本的客機在關西國際機場降落，但旅客被禁止離開，直到兩個小時後才允許入境。這件怪事肇因於機長陳鑫垚在駕駛艙內神祕消失，副機長向塔臺報告後，為了確認陳鑫垚的行蹤，機場人員在飛機降落後立刻登機搜查，但找遍所有角落，都沒找到機長。

登機人數與離機人數不合會引發問題，這點雪芬很明白。譬如，可能有人偷渡。雖然透過客機大剌剌偷渡實在太蠢，更別說出入境有各種檢查，幾乎不可能，但既然知道少了人，還是機長，就不能裝成什麼都沒發生，因此機場高層立刻開會討論，乘客被關了兩個小時，直到機場高層跟官方有了共識，下達指令，乘客才被解放。從這件事涉及的層級看，兩小時已經算快。

既然發生了這等怪事，消息傳回國內，立刻就上了新聞，引起網民熱烈討論。不到短短一天，網路上竟出現一種陰謀論，認為陳鑫垚是日本派來的間諜，機場人員登機搜查，其實是將他包庇起來，這才能解釋他怎麼在飛機上消失。

看見那些陰謀論，雪芬心裡有某種情緒安靜地燃燒。

且不論日本有沒有派間諜的必要，至少雪芬知道，陳鑫垚不可能是間諜。雖然十年沒見，但她記憶中的學弟絕對稱不上機靈，當年他總在社辦看書，明明社辦也放漫畫，他卻只看自己帶的小說。雪芬最常看到的是陳舜臣的《琉球之風》，早就被翻爛了；有時他也向雪芬推薦小說，用修長的手指指著泛黃書籍上的段落，一副文學青年的姿態。

當然，也不能說文學青年就不可能變成他國間諜，畢竟她也見過許多遭到命運惡意戲弄的人，但光是有可能，不表示她會相信。這或許能說是她對事物本質的洞見，有些本質連命運都無法侵犯；鑫垚是很纖細的，他敏感孤獨的靈魂，不可能成為間諜——但這樣的人，卻成為網路茶餘飯後的妄想材料，讓雪芬無法諒解。她明白，道聽塗說、加油添醋都是人性的一部分，無可奈何。但要是輕易向人性的輕浮妥協，身為記者的價值何在？

所以她主動向上級請纓，現在各大報紙都在報導陳鑫垚的事，但多半以日方聲明、我國政府聲明、航空公司聲明為主，關於陳鑫垚本人的調查與報告卻付之闕如；羅雪芬說，那些報導根本不想瞭解陳鑫垚，只想消費他，越是虛構，娛樂的成分就越強，這種東西稱不上報導，她能提供兼具真實與力量的東西。上級同意雪芬的請求，要她寫一篇以陳鑫垚為中心的報導，但要夠吸睛，若是陳腔濫調，可不會讓她刊登。

果然上級在乎的還是可量化的新聞點閱率吧？這點雪芬很清楚。而且她追求的也不是真實或力量那樣純粹的事物。網路上的閱聽大眾將速食情報囫圇吞下，發表的言論看似經過思考，其實不過是隨波逐流；既然如此，她的新聞即使不能擾動流向，也能吹皺一池春水。身為記者，她追求的不是真相，也不是正義，而是尊嚴——沒有人該被輕易侮辱。其實就算不是舊識，雪芬也會盡力維護，但過去這段因緣，讓她處在更接近真實的位置，這也是上級同意讓她自由發揮的資本。

但意外的是，即使雪芬自認大學時跟鑫垚關係不錯，調查起來卻處處碰壁，她甚至懷疑起自己是不是真的認識鑫垚了；職場上，鑫垚的同事對他印象都很好，但要說與誰特別熟，卻也沒有。他與所有人都保持距離，從不談論私事，唯一的例外，就是曾提過有位交往多年的女友，但那位女友叫什麼、從事什麼職業，卻沒人知道，也沒人見過照片，甚至臉書上都沒有「穩定交往中」的資訊。

怎麼會這樣？即使社會評價不差，鑫垚在同事眼中竟是謎一般的人。

羅雪芬將調查方針指向家庭，卻也困難重重。鑫垚的父母在他小時候意外過世，最後由奶奶收養。他父親是獨生子，不，嚴格說來曾有一個姊姊，但姊姊小時候就病死了。陳家凋零到沒有能詢問的人，現在陳鑫垚唯一的近親是阿姨，外公、外婆已在前幾年相繼過世。

可是阿姨說，他們幾乎沒有來往。

「我最後一次見阿垚……都是他小時候的事了。那時我也考慮過收養他，可是薪水養不起，而且要收養他，很難找結婚對象，我要怎麼解釋帶了個小孩？反正他奶奶堅持要撫養，我就沒堅持。」

難道他的外公、外婆就沒想過要見外孫嗎？雪芬有些難以置信。

「哎唷，女兒嫁出去就是外人了嘛。其實一開始他們也會找時間看阿垚，但我結婚後，他們就把關心的重點放到我孩子上。這也是人之常情嘛。當然我們也沒這麼冷血，我孩子結婚時有寄喜帖，請他奶奶轉交給他，是他自己不來的。」

結論就是，除了撫養他的奶奶，陳鑫垚跟親戚幾乎沒往來。他同學也與他不熟，對他的印象只停留在很喜歡陳舜臣的小說。真薄情——最初羅雪芬還這麼想，但自己跟他們有何不同？她自認為是陳鑫垚的朋友，卻連他父母雙亡都不知道。

唯一解開的謎團就是當年陳鑫垚說的「南方澳的裡側」。問到他奶奶住在哪時，阿姨是這麼說的：

「在『裡南方』……現在好像叫『內埤仔』？南方澳不是在海灣的南邊嗎，沿著海港的部分是南方澳，但東南邊的海跟南方澳之間隔著一座山，要通過一條小路進去，有點桃花源記的感覺。」

原來如此。跟南方澳隔著一座山，所以既是南方澳又不是南方澳嗎？當時陳鑫垚會說「南方澳的裡側」，就是因為「裡南方」這個稱呼吧。雖然從實際地理空間看，那其實是南方澳的外側。

「我地址給你，但你現在去也沒用，因為他奶奶不在了。」

「是什麼時候過世的？」

「沒過世。」他阿姨神祕兮兮地說，「她不見了。」

「不見？」

「是啊！啊，是不是跟這次阿垚消失有點像？不過當時我們都說是給魔神仔牽去耶，報紙上也這麼說。我看到還嚇一跳，哎唷，這不就是阿垚他奶奶？本來還想聯絡阿垚，但我們沒有阿垚的聯絡方式，只知道他奶奶的。反正他奶奶是確實失蹤了。」

他阿姨口中的那份報導，羅雪芬已經找到，並用手機拍下來。是二〇一二年九月三十日的新聞：

住在宜蘭縣蘇澳鎮南方澳內埤漁港旁邊的七十一歲老婦陳黃慶子，昨天被發現神祕失蹤。陳黃慶子的孫子陳先生拜訪祖母時，發現祖母行蹤不明，立刻報警。據當地黃姓居民說，陳黃慶子每天都會出門散步，但二十五日後便不見蹤影，他最後一次見到陳黃慶子，陳黃慶子神情怪異，正對著空氣說話，還說有人找她到山上去，這奇異的景象不只一人見到，當地遂有陳黃慶子被魔神仔牽走的傳聞。陳先生強力反對魔神仔之說，警方也已展開調查。

魔神仔……羅雪芬自然不信這種說法。但陳鑫垚奶奶奇妙地消失，多少讓她在意；翻閱那段期間的報紙，雖然還看到幾篇報導，卻沒有新信息，這表示奶奶的人際關係相當單純，沒有可利用的材料。往後找了一個月，也沒看到後續追蹤報導，直到最後都沒發現奶奶的屍體，也無法證明她過世。保險起見，雪芬也託人調查過，陳黃慶子在法律上確實是失蹤，不是死亡。

本以為一定能找到什麼，羅雪芬卻像鑽進濃濃的迷霧，才摸到什麼，卻發現是死胡同。當然，不可能什麼都沒有，死胡同也是能鑿出洞的，只是她還沒找到方法。理論上，她該追查陳鑫垚的女友，但這位女友真的存在嗎？雪芬不確定自己該不該這麼想，但她忍不住揣測，或許陳鑫垚的性取向是同性，才不正式公開戀人。她有位同性戀朋友就對外假稱有異性伴侶，這個社會習慣將單身視為失敗，讓同性戀連假裝單身都困難。

無論如何，反正雪芬不知道是否有這號人物，也不知道怎麼聯繫，只能放棄。而且陳黃慶子謎一般的失蹤也盤旋在她心頭。陳黃慶子的遭遇與鑫垚遇上的怪事有關嗎？坦白說，看不出直接關聯，但雪芬有種直覺——不能漠視歷史。況且，要描繪出鑫垚是怎樣的人，這位將他撫養長大、同時先於他神祕消失的陳黃慶子女士，難道不是最好的切入點嗎？

太渺茫了。已經消失的人能提供什麼？在抵達南方澳前，雪芬就已被種種挫折打擊到懷疑自己的判斷。但要是不窮索所有可能，她不甘心——與其說懷著希望，她更像是默默為自己的無能憤慨，並賭氣地盲目前進。

結果，她還是無法為鑫垚做些什麼嗎？雪芬再度按下錄音鍵，欲語還休，最後只能說聲「完畢」，關掉程式，把手機扔在床上。

三

我想，要是太陽像鐵，被融化成滾燙的汁液，就這樣灌進我的五臟六腑，會不會就是現在這種感覺？溫暖透進我的每一個毛孔，像遙遠的夢境，又像被羊水包覆……當然，我沒有這麼遙遠的記憶，沒人記得娘胎裡的事吧？說到最早的記憶——對，我很確定，八成是關於阿兄的記憶。

那時阿兄多大年紀，我也不清楚，我猜只比我大一、兩歲。但印象中，他身高是我的兩倍，頭要抬很高，像看著正午的太陽，才能看到他的臉。

我因為什麼事不高興，被他帶去港邊。說不定那就是我不高興的原因，或許我不想去港邊。後來我怎麼想，都想不透他為什麼要帶我去港邊，因為我們住的地方離港口也有點遠。當然，港口是比較繁華，但要玩的話，池子邊就綽綽有餘，我根本是在池子裡長大的。

那時萬里無雲，天上什麼都看得清清楚楚。或許是我記錯，但我甚至能直視太陽，看到完美的圓形。阿兄拉著我的手，蹲下說「鑫垚，你莫無歡喜啦！阿兄買枝仔冰予你食喔」之類的話，就把我放在一旁，到碼頭旁找賣冰的阿伯。其實我也不確定到底是不是買冰，可能跟我後來的回憶混淆了。我鬧彆扭般地越走越遠，又頻頻回頭，確定阿兄沒把我弄丟。這時天空有隻巨大的鳥飛來，比我之前見過的所有鳥還大，大到令人著迷；我忘了心中的不滿，急著把這令人興奮的驚奇之物告訴全世界，就大喊著：「阿兄！阿兄！你看天頂！」

阿兄抬起頭，那巨大的鳥與太陽重合在一起，接著生了顆蛋；蛋在陽光中就像會發光，簡直要變成另一個太陽，我光顧著看，沒注意阿兄的表情。接下來的事我記不太清楚，只記得蛋砸在港邊發出高昂的聲響，然後我飛了起來，像被透明的手抓住，玩著「真高真高」的遊戲扔出去，卻沒人接住我。接著好熱好熱，像現在一樣熱，我落地後用力哭，希望阿兄趕快來安慰我，但阿兄沒過來。

我不記得是怎麼回家的，隱約記得有其他人，一隻柔軟的手牽著我，但那隻手的主人是誰，我沒印象。阿爸聽那些人說起事情經過，跟阿母哭了出來，痛罵：「姦！夭壽骨啊！彼寡仔美軍（那些美軍）！」

那是美軍對南方澳唯一的一次空襲。在那之前，南方澳的人雖聽過空襲，也躲過防空警報，但關於空襲的一切都只是傳聞。或許大家都覺得南方澳不值得炸，沒什麼好擔心的，直到那一天。

奇怪，為何會想起這麼久遠的事？我都幾十年沒想起阿兄了，他從我一半以上的童年缺席，連悲傷都只剩餘燼。我閉著眼，另一段回憶悄悄來了，像乘著海潮，發出沙沙的聲響將我淹沒。

那是我第一次遇見慶子，時間與失去阿兄幾乎同樣久遠。

我們住的地方叫「裡南方」，這地方背山面海，村子圍著一個巨大的水池，叫「猴猴池」。我曾問猴猴是什麼意思，阿爸說過去這一帶住著猴猴人，猴猴人跟泰雅人一樣都是番人，但跟泰雅人關係不好。後來猴猴人突然消失了，也不確定是什麼原因，總之，漢人跟日本人是那之後才住進裡南方。

我從小就在猴猴池「洗渾身」，跟別人家孩子比賽能在池子裡憋氣多久。雖然有魚，但猴猴池的水濁到不行，我都是用手遮住眼睛潛下去。要是沒潛下去，我們也會把泥巴抹到玩伴身上。記得玩伴裡也有沖繩人，但戰後沒幾年，沖繩同伴一個個不見了，簡直像被魔神仔牽走。

那天我們在猴猴池玩，光著身體，把髒水潑到彼此身上，發出尖叫跟怪笑。忽然間，猴猴池裡有什麼東西鑽出來，我們被嚇得到處亂竄，以為是怪物。小弟也跟著我跑，卻腳底一滑，被泥濘弄倒，當場哭叫。我趕回去救他，不然無法跟阿母交代。但仔細看，從池子冒出來的根本不是什麼怪物，是個小泥人，年齡跟我們差不多。一開始被嚇到，是因為剛才猴猴池平靜無波，根本不像有人在裡面。

那個孩子用滿是汙泥的手抹臉，將臉上的東西拿掉（我後來才知道那是みーかがん，沖繩的蛙鏡），露出明亮的眼睛，像在水裡發光的寶珠。剛剛被嚇跑的孩子也跑回來，而那泥人也沒理會大家，默默上岸走掉了。

沖繩的孩子告訴我，那是黃家的慶子。

慶子的母親來自沖繩的與那國島，成年後就來臺灣，本來到基隆找工作，但不知是丟了工作還是怎樣，最後輾轉到南方澳投靠當漁民的哥哥，就是猴猴池南邊的玉城家。或許是不方便一直打擾，最後就嫁進黃家，慶子是他們的第一個女兒。

臺灣人與沖繩人的混血，在南方澳可不算不尋常。但我對她阿母曲折的身世毫無興趣，只顧著把慶子當敵人——不是血海深仇那種死敵，但我們在猴猴池邊玩了這麼久卻沒發現她，她是在池子裡憋了多久的氣？我沒認真算，不確定，但肯定很久。我向來對自己潛水憋氣的本領有自信，那天卻被擊潰了，所以暗中氣惱，忍不住把她當成假想敵。

在那之後我不時挑戰她。童年就是這樣，這股好勝心反而讓我們最常玩在一起。她拜託阿母做了「みーかがん」給我跟小弟。我如獲至寶，連忙鑽進猴猴池，能像這樣看到池底的景色，過去真是想都沒想過。雖然池底混濁極了，到處都是汙泥，所有隨著雨水流進來的東西，都會沉到池底，排不出去。說也奇怪，為何我們喜歡在這麼骯髒的池裡玩？就算戴著沖繩蛙鏡，我們在水裡也看不見彼此，不是嗎？

我想到跟慶子吵架的事。

不是小時候的鬥嘴，是我們長大後一起度過的無數年月，總是圍繞著同樣的主題爭論；會想到這些，大概是我曾在猴猴池底下看到某種幻影。記得有次在猴猴池裡，我跟慶子比賽潛水，明明知道她就在附近，卻看不見她。我透過蛙鏡看，手摸著池底淤泥，水裡有各種東西漂過，但在汙濁中，輪廓變得極為模糊，有這麼一瞬間，那些輪廓組成慶子的模樣，但不是平常的她，而是帶著怒容、如魔鬼般的慶子。我從未見過情緒這麼強烈的表情，嚇了一跳，連忙浮上水面。像是感覺到我身體造成的騷動，慶子也浮了上來，她拿掉蛙鏡，在豔陽下的粼粼波光中燦笑：「你輸矣！」

她的聲音像夏天。那是戰爭最後一年，離日本帝國投降，還有兩個月。

戰爭結束後，我害怕慶子突然消失；短短的幾個月間，人們湧進南方澳，他們都是沖繩人，等著被遣返。戰敗後，大多數日本人都從基隆港出發，但沖繩離南方澳很近，慶子阿母過去住的與那國島，離南方澳只有一百多公里——這距離比臺灣頭到臺灣腳還短。對我們裡南方來說，影響雖然沒這麼大，但慶子阿母是沖繩人，難道她也要被遣返嗎？

我害怕她像阿兄一樣不見。阿兄再也沒回來，是莫名其妙、毫無道理的。我是說，為何是阿兄？為何阿兄站在離砲彈這麼近的地方？為何那天阿兄要帶我去港口？我認為這一切都沒道理，永別就是會忽然到來，所以我比以前更黏著慶子，丟下小弟與其他玩伴，最後終於惹她厭煩了。慶子氣呼呼地問：「敢講你著攏沒代誌做？你阿爸愛出海，應該有真濟所在愛你鬥跤手（幫忙），你那無去佮伊阿爸鬥相共？」

其實家裡的事我都有幫忙，像幫忙整理漁具，清洗，曬乾，但在那以外的時間，我都去找慶子。阿爸說，「你三不五時著拚去找黃家的查某囡仔，袂掠準講你去佮意（喜歡）著人？」，分明是取笑我。我說「無啦！」，也不想多辯解。認真辯解不是很丟臉嗎？當時我覺得大人是不會理解的，只是默默把握與慶子相處的最後時間，雖然遣返的速度很慢，但誰知道何時會開始認真？被慶子嫌棄完全在我的意料之外，我感到被辜負、被拋棄，甚至有些生氣——她怎麼不珍惜我們最後的時光？於是我們吵了一架，並不小心透露了我的恐懼。

慶子總算理解我的不安。她沒取笑我，只是平靜地說不用擔心，她阿母已經跟臺灣人結婚，所以母女都能留在臺灣。被遣返的人要不是沒結婚，要不就是男人，因為日本男人就算跟臺灣人結婚，也還是要回日本。不必被趕回沖繩……慶子到底是怎麼想的呢？當時的她看不出喜悅，也看不出哀傷，像接受了某種宿命。但我不管這些，得知慶子不會消失，我歡天喜地，雖然對於消失的恐懼並未消除，還是以某種形式附著在我身上了。

沒多久，慶子要上小學了。那時國小還沒蓋好，小學生都在南方澳戲院上課，戲院白天作為學校，晚上放電影，手繪的海報一張張貼在戲院大門上方，最新的電影成為學生間的流行話題。我年紀較大，早就在學國語，就以教慶子ㄅㄆㄇ為由接近她。也大概是那時吧，我注意到慶子偶爾會露出畏懼、悲傷的神色，每次我問起原因，她總說沒事。

現在想想，這或許就是我不斷將慶子放在心上的原因。她那憂傷到彷彿隨時要離去的面容，在我心底放了一顆難以解答的種子。是誰惹她難過了？她為什麼難過？不知不覺中，我老想著這些事。是她阿爸打她嗎？還是三年級那個身強體壯的阿勇傷害她？如果真是阿勇，我要怎麼為她報仇？這樣的妄想占據我的心，甚至讓我分不清現實與虛幻，毫無道理地仇視可能傷害她的人。這些話我沒跟慶子說，反正問起，她也不會回答。她心裡有一塊地方，是不許任何人接近的，至少不許我接近。但除此之外，裡南方的學生們一起上學、一起放學，我們混在孩子群中，總是走在一起。我覺得自己把慶子當妹妹，還沒察覺到自己對她有什麼複雜感情。

注意到那顆種子開花，是好幾年後跟阿爸一起「拚無人島」的時候。

小學快畢業時，南方澳有了「拚無人島」的風氣。無人島離我們很遠，比龜山島還遠，遠遠看就像海螺，因為無人居住，島上到處都是海鳥跟鳥蛋，附近魚有夠多，我親眼看過。要到無人島，就算是天氣跟洋流最好的時候，也要花十六、七個小時過去，回來更要整整一天。由於到無人島是要搏命的，運氣不好就要辦喪事，所以才叫「拚無人島」。

本來南方澳的人沒在拚無人島，因為太遠了，但戰後有不少漁民從龜山島、恆春、小琉球搬過來，他們很習慣長期在海上工作，就開始挑戰無人島，久而久之，我們南方澳人覺得不能輸，就也跟進。阿爸把我抓到船上當煮飯仔，要我做各種雜事，學校的課蹺掉了，跟慶子相處的時間也減少許多。

大海很可怕。但當煮飯仔，讓我看到討海人的生活，那是被孤獨擠出來的緊密，船上的人把我呼來喝去，又讓我喝酒，從頭巾裡拿出香菸教我怎麼抽，我像是進入另一個家族。那是既辛苦卻又快樂的日子。有一天，我看著漁網撈上來活跳跳、如小山般高的魚，心裡頭冒出一句話：要是我討海賺大錢，將來就能養活慶子，讓她幸福——

我嚇了一跳。

面對沒有邊際的海，沒有同齡朋友在身邊的寂寞，讓我猛然意識到自己對慶子懷著特殊的感情！這讓我有些害怕，卻又萌生微弱的勇氣，覺得找到了能為之奮鬥的目標。現在想想，那是不成熟的愛，連情竇初開都不算，因為我還沒有性慾，只是將阿爸阿母當成某種標準，憧憬與家族以外的另一個人成為家人，就像彌補我失去阿兄的殘缺。

所以我才這麼執著找出她的祕密。既然是家人，就不該有祕密吧？雖然當時我們還不是家人，但我一直努力成為她的家人。最後，她也確實成為我的家人，冠上我的姓，成為陳黃慶子。

在那之後，她是不是就幸福了呢？

「幸福」很深奧，有時我覺得那是有錢人，或是有文化的人專屬的。但我們一起度過的平穩日子，應該也算幸福吧？至少她生下第一個孩子，雖然是女孩，我還是被幸福淹滿，覺得世界上真的有什麼與我相連，讓我想將自己的一切留給她。慶子也是這麼想的吧？雖然我們也會爭吵，但就只為一件事反覆爭吵而已。

真奇怪，為何我會忽然想到這些？但就像猴猴池底下慶子惡鬼般的幻象，這些年慶子的怒容也像翻相本一樣，在一陣陣的浪濤聲中浮現；有次慶子甚至拿刀對著我，怒氣沖沖地說「你閣講咱就離婚！」，那時我在她眼中看到的不只是憤怒，還有絕望，但我無論如何都不能理解。唉，難道猴猴池的幻象真的是某種徵兆嗎？難道有一天，慶子會將刀子捅進我的心臟？要是有這麼一天，可不能讓小孩看到。

相本在浪濤聲中翻到最後一頁，這時的慶子已是現在的模樣，但她到底是一副怎樣的表情？我本該握住她的手，說出寬慰的話，像我幾十年來做的那樣，但我卻閉著眼，不敢睜開，像要用眼瞼接住自己的淚水；我擔心要是看向她，會迎向惡鬼般的視線，還有那毫無道理的怒氣。我的慶子到底是怎麼變成這樣的？

其實我知道原因，是因為夏子歐巴桑——這一切都是慶子她阿母造成的。所以幾十年來，我一直難以原諒夏子歐巴桑。

四

雪芬將陳黃慶子的地址存在手機裡。這天早上，她沿著海，徒步走到陳黃慶子過去的住處。從海岸旁的學校彎過去，穿過高矮不一的住宅、放著巨大船錨與廢棄機械的彎曲小巷，就會來到從南方澳延伸進來的內埤漁港。數不盡的船停泊著，卻絲毫不見搖晃，或許是因為海浪進不了這個港口。陳黃慶子的房子就藏身在漁港南端整排的房子裡，那是棟二層樓的房子，散發著濃郁的破敗荒廢氣息，兩扇橫向的鐵門，其中一扇倒在地上，透過那洞口能直接看到內部。不知這裡已暴露多久，至少好幾個月吧？在日光能見之處，就像被颱風侵襲過，鋁盒、檯燈、桌椅都翻倒在地，地上有玻璃碎片、塵埃、塑膠碎片，還有某種薄薄的、糊成一團又再度風乾的東西，或許是報紙，現在看不出來了。更裡面是濃濃的黑暗，像隱藏著吃人怪物，等著愚蠢的人再度踏進房子。

手電筒的光滑進黑暗，雖然微弱，卻已能跟黑暗互相追逐。雪芬讓光在屋內移動，特別留意死角，這才走進屋內。見過不少恐怖事物的她，還不至於害怕廢墟。手電筒照出的光圈在空間中變形，接著往上滑去，客廳中央雖有燈座，卻沒有燈管，看來地上的玻璃碎片就是燈管，她找到落在旁邊的燈帽。

進來屋子前，她已打聽過陳黃慶子的事。

慶子不算名人，至少不是什麼地方要人，但鄰居都認識她，因為她手上有奇妙的刺青。那刺青就在手背上，不是黑道老大那樣的紋龍刺鳳，而是簡單的幾何圖形，甚至只有一種顏色。這種刺青似乎是沖繩傳統，大家也接受她的沖繩血統，不以為意。雪芬第一次聽說南方澳與沖繩如此親近，或許這就是海港的特色——族群混雜；即使不特別注意，昨天她已見到許多膚色黝黑的外籍漁工。

房子破敗的情況讓鄰居很困擾，他們想修復也無能為力，要說誰有權利處理房子，自然屬她的孫子陳鑫垚。本來大家都同情慶子與鑫垚，但發現房子無人管理後破損嚴重，便覺得不該坐視這種情況；慶子失蹤後幾個月，陳鑫垚回慶子的住處，鄰居便勸他把房子賣掉，但他不想賣，就算破敗也寧願放著。這多少引起鄰居憤慨，陳鑫垚只說：「阿媽百面（一定）袂愛我佮厝賣掉的，而且她干焦（只）是失蹤矣，閣毋是死啊！若是佗一工（哪一天）她轉來矣是欲按怎？」

這房子空了兩年多，說來時間也不長，想不到已損壞到這等程度。聽鄰居說，陳鑫垚一直有幫忙繳水電費，所以房子的機能還在。但就算有水電，雪芬也不覺得這房子還能居住，要修復到能讓人安心過夜，非得要大興土木才行。

「我看新聞講垚仔佇飛行機頂雄雄無去，就是幾工前的代誌，我咧，按呢著真正無人有法度來處理這間厝矣……嘛毋知敢會予法院拍賣無？厝繼續囥予漚（放下去），是欲予魔神仔蹛入去喔？」

「阿桑，你佮陳鑫垚敢有熟似？」雪芬問。

「無啦，伊細漢的時陣著蹛佇咱遮，阮攏都叫伊垚仔，抑毋過伊真驚生分（怕生），攏無愛佮別人兜的囡仔耍（玩）做夥，高中了後著搬到外口，放假才會轉來。毋過他佮慶子桑感情真好呢！您阿公真早就過身，有一改出海就無轉來矣。講起來嘛足奇怪，彼工明明無風無湧閣出大日，但是人就是無轉來，船嘛無去矣。講到遮，您阿公嘛叫『鑫垚』呢！真奇怪。我想垚仔這个名，可能是慶子桑傷思念她的翁婿，才叫恁後生佮孫仔號做阿公的名吧？」

雪芬恍然大悟，從前她就覺得「鑫垚」這名字很罕見。據說以前人出生時會算命，要是命中缺五行，就把缺的東西鑲嵌到名字裡，譬如命中缺金，就會以金部首的字命名；又或是命中有什麼劫難，也會把相剋的五行嵌到名字中，如命中有水難，而土剋水，就會以土部首的字命名。既然鑫垚這名字來自祖父，或許就是反映這種傳統；雖然雪芬也有些奇怪，這難道沒有避諱問題嗎？

鄰居裡沒人瞭解鑫垚，問起慶子失蹤前後的事，他們也說不出什麼細節。那段期間南方澳熱中於更重要的事，沒人在乎一位消失的老婦。但一位婦人很堅持慶子是被魔神仔給帶走。

「毋是我咧烏白講，慶子桑一定是予魔神仔創治矣（捉弄了）。她予魔神仔牽去的前幾工，我親目睭看著她對著空氣咧講話。她過去從來毋捌按呢。我問她是按怎？是佮啥人咧講話？她講有朋友送她荔枝。我想攏欲十月矣，佗位來的荔枝通挽（摘取）？結果，哎唷！無看閣無代誌，我一看，她雙手竟然捀著一隻死烏鼠（老鼠）！么壽喔！真正么壽！我緊共她手中的烏鼠摒掉，講『哎唷！慶子桑，你目睭是糊著蜊仔肉是無？這哪會是荔枝啊！』結果慶子桑顛倒共我受氣，罵我老糊塗，我是好意呢！我著唱她老番顛，緊搬去『龍發堂』蹛啦！唉，早知我著好好仔共她講予明白，袂的確（說不定）代誌袂變甲按呢。魔神仔一定是無欲放她煞，才共她牽走矣！」

魔神仔是在臺灣赫赫有名，在山間出沒的精怪。「牽走」這種說法，是臺灣人說明魔神仔將人帶到不可思議的地點所用的動詞。譬如，迷路的人發現自己居然不知不覺中走到幾十公里之外、或爬到很高的樹上、渡過極為湍急的河流，又或是被刺竹林困住，這種理論上極難發生的事確實發生了，當事人又不明白是怎麼發生的，人們就會說是「被魔神仔牽走」。

「毋過聽新聞講，慶子桑講有人欲悉（帶）她去山裡，遮的山攏遮爾矮，如果慶子桑真正是予魔神仔牽去，警察嘛共規个山坪攏揣過（找過）啊，哪會閣無揣著人？」雪芬問。

婦人翻了白眼，不屑地說：「你戇啊？魔神仔上厲害的步數著是共人牽到一寡烏魯木濟的所在，敢毋是？既然是予魔神仔牽去，揣無人哪有啥物通好奇怪！」

雖然婦人是這麼說的，但據羅雪芬所知，絕大部分的案例並非如此。在這些魔神仔怪事中，之所以知道人被帶到不可思議的地方，正是因為當事人被發現了——無論是死是活。畢竟人要是就此消失，也無從知道那些地方是否奇怪。

陳黃慶子失蹤，不足以作為被魔神仔牽走的證據，但她消失前疑似看到幻覺，確實吻合被魔神仔捉弄的傳聞；傳說中，魔神仔會幻化成人類的樣貌，將被害人引誘到某處，請他們吃大餐，事實上卻是雜草、泥土、動物糞便變化而成的幻影，當被害者被人發現時，往往口中塞滿這些東西。

不過陳黃慶子畢竟年紀大了，這些怪行徑，難道不是某種腦部病變嗎？當然，羅雪芬不認為所有老人都如此，但老化確實讓某些症狀變得容易出現，尤其慶子一人獨居，孤獨感也算是精神疾病的誘因之一。在踏進陳黃慶子的屋子前，羅雪芬以科學理性的唯物精神，思考發生在陳黃慶子身上的事。

可是踏進黑暗後——某種比孤獨更強烈的東西裹在她身上，像黑色的蜜——也不是就相信怪力亂神，但雪芬確實感到恐懼像冰箱打開時流出的寒氣般溢出來。她想到，即使陳黃慶子的詭異行為可以解釋，發生在陳鑫垚身上的事卻不然；不可思議——這正是被魔神仔牽走的主要特徵。

這是毫無道理的靈光閃現。在知道陳黃慶子可能被魔神仔牽走前，她沒這種想法，太荒謬了。可是，陳鑫垚在不可能離開飛機的異常狀況下失蹤，雖然沒有先例，這難道不是被魔神仔牽走的極端案例嗎？況且，陳鑫垚也疑似見到幻覺，在只有他的駕駛艙裡，對著不應存在的人說話……

難道魔神仔的領地不僅是山間荒野，連作為人類科學結晶的高空飛行機械，都無法阻止「祂」的魔法？

雪芬經過荒廢的客廳，走到房子後半部，將牆上的開關打開。如鄰居所說，還有人為這間房子付水電費，樓梯間與廚房的燈應聲而亮，但或許是閒置太久，廚房的燈以一種肉眼可以察覺的頻率閃爍，光與光之間像鬆脫了，無法負擔照明的功能，廚房籠罩在蒼白的黑暗中。雪芬關掉廚房燈，拿手電筒走進去。她打開垃圾桶的蓋子，又拿光照流理臺的水槽濾網，意識到廚房被清理過；要是一個人突然失蹤，理應留下一些廚餘，但撇除積了兩年多的灰塵，雪芬看不出任何生活的遺留物。她順手打開水龍頭，果然有水流出，在流理臺敲出空洞的金屬聲。

突然樓上傳來「咯登」的聲響，像腳步聲，又像什麼東西砸到地上；雪芬警覺起來。她關上水龍頭，將手電筒照向廚房門口，仔細聆聽，卻沒其他動靜。她全身繃著，像受驚的貓。

「有人在嗎？」雪芬探出頭，朝樓梯大喊。沒有回應。某種淡黃色的光隱隱從二樓照來，應該是太陽光通過窗戶多重折射後終於疲倦落下。她緩緩踏上樓梯，左手抬高手電筒，右手扶著樓梯欄杆。欄杆是鐵製的，被漆成鮮豔的紅色，表面滿滿病態的疙瘩。手電筒的光在樓梯間反射，看來格外慘白。

二樓接近得特別慢。首先映入雪芬眼中的是傳統日曆，旁邊有黃曆的那種，它在流動的空氣中發顫，最後的日期是九月二十四日。她走上去，發現樓梯旁擺著許多雜物，包括釣竿、漁網，還有某種機械，上面已纏滿蜘蛛網。旁邊赫然有類似神桌的家具，裡面還擺著牌位，現已沾滿灰塵。這無疑令人毛骨悚然，但不知為何，雪芬第一個想法卻是鑫垚沒把牌位帶走，這下牌位無人祭祀，豈不是要成孤魂野鬼了？

下意識避開神桌，白色地磚的灰塵厚到雪芬能留下清晰的腳印。再往前是一個和式拉門，但沒完全拉上，陽光就是透過打開的拉門射進樓梯間的。

或許是光線透過拉門上的紙——據雪芬所知叫「障子紙」——變成柔和的淡黃色，二樓看來竟像是黃昏，時間沒跟上外面的腳步。雪芬又問「有人嗎？」，這次問得很小聲，依舊無人回應，她盡量不發出聲響把拉門推開。

這時已經不必手電筒了，光直接透過對面的玻璃照進來。拉門後是鋪著榻榻米的房間，整理得非常整齊，幾乎沒有堆在木製櫥櫃外的東西，除了放在上面的小型裝飾品。角落放著具有工業性格的金屬風扇，桌上擺著小型電視。都二十一世紀了，但這房間的擺設真讓雪芬心頭閃過「昭和風情」四個字。真奇怪，即使荒廢了，樓下也沒有這種氣氛，為何這個房間不同？

房間最外側是方格壓花玻璃門，出去是陽臺，以鐵製窗花將空間關起來。一根竿子穿過窗花，可能是用來掛什麼的。

陽臺可以俯瞰內埤漁港，對面通往南方澳的道路也隱然可見，人與車子渺小到有如模型，氣氛與屋內完全不同。舒心的海風越過丘陵吹入漁港，變得過分溫馴了，甚至帶著點雨水的味道。

這真是個寂寞又美麗，又尺度宏人到讓人無法看清一切的地方。

「噹啷」一聲，雪芬踢到掉在陽臺上的風鈴。她將風鈴撿起來，很意外這脆弱的玻璃製品居然沒摔壞；她心血來潮，把風鈴掛在竿子上，轉身回到室內——

「啊！」

雪芬全身僵硬，接著向後彈出去撞上窗花，金屬發出銅鐘般的低音共鳴。她像被降咒般，無法動彈。

房間不知何時出現了一位跪坐著的老婦。

她滿頭白髮，有著剛燙過般整齊的及肩大波浪，整張臉蒼白到像擦過白粉，嘴唇是豔紅色的，由於太過豔麗，反有種不協調的虛假。她的服裝也不合時宜，盛裝打扮，戴著珍珠項鍊，像要出門，但以這季節來說，衣服未免太厚了。

房間是屬於人的，人在房間裡，理應增添一些人情味，但老婦反而排除了人性，她給雪芬的印象就像紙紮的人偶。雪芬摀著嘴，努力壓住尖叫，但她心臟不守規矩，猛烈地收縮舒張，像在敲打她胸口！她腦中思緒急轉：這位老婦是何時出現的？她是誰？怎麼可能沒發出任何聲音？她真的是人嗎？

這時，雪芬注意到老婦的手。

刺青——

看來像泰雅，或是排灣。是那種原住民會刺在手上的東西。不，答案驀然落在她心頭，她不是之前才聽過刺青的事嗎？沖繩女性也會在手上刺青，陳黃慶子就是以此昭顯她的身分；難道這位老婦就是陳黃慶子，那位被魔神仔牽走，鑫垚失蹤兩年多的阿嬤？

她與老婦視線交會，覺得像是被抓住了；老婦眼裡帶著某種笑意，那不是溫暖的笑，而是嗜血的、對於獵物即將落入手中的志得意滿。雪芬的靈魂顫抖。老婦笑著開口，露出牙齒的樣子像要進食。

「哎呀，你總算來矣！我一直咧等你。來來來，緊來坐，我有物件欲予你。」

老婦說著招待的話，身體卻完全沒動，就連肩膀也沒有因說話起伏。雪芬毛骨悚然，她下意識想問老婦要給她什麼？但直覺阻止了她，她感到自己正站在懸崖邊，一不小心就會跌落萬丈深淵。這時陽臺下傳來遙遠的聲音：「請問……有誰在裡面嗎？」

是不認識的女性。雪芬下意識地瞥向肩後的鐵窗花，但這角度什麼都看不到。她忽然意識到自己能自由行動了，像破除了魔咒，連忙回頭看向房內。

裡頭一個人也沒有，只剩唐突的空無。

雪芬像被雷劈中，心知這絕不可能；她的視線移開才不過一秒！殘留在她視覺中的影像，甚至還能看到老婦從服裝到刺青的所有細節！難道剛剛的是鬼？還是幻覺、妄想？可是，這麼真實——

她迅速衝出房間，頭也不回，彷彿那房間是有著尖牙與利爪的怪獸，本來溫暖的陽光都像腥臭的吐息。她往樓下逃，三步併作兩步，發出巨大的聲響。女子的聲音又通過樓梯傳來，帶著驚奇：「誰？誰在裡面？鑫垚？是你嗎？」

雪芬跳到一樓，望向有著陽光的大門，發問的女子就站在那，因背光而面貌模糊，只能看出穿著寬鬆的長裙，或某種簡單的洋裝。是人類——雪芬瞬間放心了，她發足狂奔，從黑暗飛進白晝的海港。那女子見她逼近，警戒地節節後退：「喂、喂、喂！你是誰啊！你想幹麼！」

雪芬喘著氣，總算看清女子的樣貌。穿著連身裙的女子大約三十歲上下，皮膚黝黑，給人瘦小的印象，但四肢很修長，雙眼皮讓她看來有種包容力，至少能讓人信賴。

「你是什麼人！為何會在這間房子裡？擅闖民宅？」女子還有些驚慌，但她毫不退縮，像挺身保護被雨淋濕的小動物。雪芬一時也不知該怎麼解釋，下意識地離門口更遠了些，順口回應：「記者。」
「什麼？記者？」女子瞪著她，口氣接近咄咄逼人。
「對。不，不對。我是……我是鑫垚的學姊。」她這才回神，理智與經驗緩緩從恐懼的迷霧中歸隊。即便如此，她還是無法理解剛剛看到的事物。與其說不科學或非現實，不如說那是被現實漏接，遺落在虛無中，某種因巨大質量而產生引力的東西。
「學姊？你說你也是機師？」女子臉上的不信任愈加明顯。雖然雪芬恨不得立刻離開，離屋子越遠越好，但她知道要是喪失這名女子的信任，恐怕很難挽回，所以她咬緊牙，集中精神。
「抱歉，我沒講清楚。我不是機師，我說是他學姊是因為我在大學社團裡認識鑫垚，他小我兩屆。我畢業後當了記者。因為大學時我跟鑫垚關係還不錯，所以聽他失蹤，就想知道他到底發生什麼事。這是我的名片。」
羅雪芬遞出名片，女子本來還帶著堪稱敵意的距離感，但看到名片，她嚴峻的神情慢慢融化，雪芬這才發現她是比第一印象更活潑的人。女子抬起頭說：「原來……您是在××報工作的那位羅雪芬！我知道你！」

「對！」雪芬因被認出來而鬆了口氣，同時有點意外，「鑫垚有提過我？」

她有些羞赧，畢竟這麼久沒聯絡，甚至不知道鑫垚當了機師。女子燦爛地笑：

「有一次我看到您寫的報導，覺得寫得很好，轉給鑫垚看，他就說您是他大學社團的學姊。他還說您在大學時製作社刊，那時就能看出您是很有才華的人。」

「不，哪裡，我只是升不了職的小記者。」雪芬苦笑，「可以請問您跟鑫垚是……」

「我叫鍾佑娥，」女子說出在雪芬預料之中，卻又意想不到的答案，「鑫垚是我男友……不，應該說是未婚夫。」

五

我頭一次見到夏子歐巴桑，是在慶子家的店鋪。

黃家有個果園，採收的水果有一部分會送到裡南方的店鋪賣，說是店鋪，其實更像搭起來的棚子，透氣得很，這間店鋪就是由夏子歐巴桑打理。到了戰後，慶子也在店裡忙進忙出。因為夏子歐巴桑不會講國語，有時要請慶子翻譯，但慶子還小，也有功課要寫，難免忙不過來，我有時也會去幫忙。雖然已經開始學國語，但我還是叫她「ナッコおばさん」，裡南方的人也都用日語叫她，只有面對外地人時，我們才生分地改用不太標準的國語稱呼。ㄒㄧㄚˋ夏，四聲夏，ㄗˇ子，三聲子。夏子。夏子伯母。

她是很安靜的女人，跟我阿母不同，但她臺灣話沒講得很好，或許才是她安靜的真正原因。第一次見面，我先是為她手上的刺青吃驚，還以為跟番人有關，但她說那是故鄉與那國島的傳統，是滲透到皮膚底下的，怎樣也洗不掉。由於常到店鋪幫忙，夏子歐巴桑很寵我，會請我吃龍眼或香蕉，但她有種憂鬱感，總看著遠方，看著海的對岸。每次看到她露出這種神色，我便覺得她跟慶子果真是母女——曾幾何時，慶子眼裡也出現了那種迷人的憂愁。

本來我不是很在意夏子歐巴桑，但她是慶子的阿母，我多少要尊敬她，直到後來發生一件事，我才知道她對慶子的影響有多深。那是慶子開始上學後的某個週一早晨，我們裡南方的孩子一起朝大戲院出發，路上遇到其他孩子，難免嗆聲挑釁一番。那時，我發現慶子一直躲在後面，而且右手黑黑的。問她怎麼回事，她很快遮住手，比起羞恥，更像帶著怨恨與惱怒。她說放學再解釋，要我別多問，我也當做沒看到她手上的痕跡，若無其事地到了戲院。

放學後，我們找藉口跟其他裡南方的孩子走不同路，最後跑到海邊。慶子把手泡在海水裡用力搓洗。南方澳雖然臨海，卻沒有充分的生活用水。她告訴我前一天發生的事。

那幾年，南方澳有許多外來者。我說的當然不是搬來南方澳的漁民——只要住在這裡，都是南方澳的人——但被派來當老師、或是當官的，就不見得是自己人了。那個週日，慶子在店鋪幫忙時，來了一對母子。慶子記得是某老師的妻兒，逃難時跟老師一起來臺灣。夏子歐巴桑不會說國語，慶子就去招待。

平常這些外來者不會到這麼偏遠的地方，他們說來買水果，但又帶著小孩，或許是到處散步吧？外省女人付錢時，她小孩一直盯著夏子歐巴桑的手，夏子歐巴桑把水果交給那小孩，小孩突然轉頭問他阿母：「媽，為什麼這個阿姨手上畫了黑黑的圖案啊？」

他問的是刺青。外省女人凝視夏子歐巴桑的手，覺得理解了一切，向孩子解釋：「因為她是山地人啊，山地人才會在身上刺青。」

慶子忍不住反駁：「師母，我媽不是山地人，她是琉球人。」雖然她覺得自己好聲好氣的，甚至稱得上有禮，外省女人卻很驚嚇，或說是不知所措。小孩又大聲問：「琉球人是什麼？是本省人嗎？」

外省女人覺得不妥，便壓低聲音跟孩子說話，但慶子還是聽到了——她說：「不，琉球人是日本人。」

「日本人？為什麼日本人還留在這裡？」

少年響亮的國語在村裡迴響。

「聽他按呢講，我真正足想欲共暫（打）予死！」慶子轉述時忿忿不平，

「毋過師母嘛知影按呢毋對，就抉（打）伊的手底，愛伊恬恬（閉嘴），然後

悉伊離開。阿母問我頭拄仔（剛剛）是發生啥物代誌，我才共她講。」

本來慶子以為阿母會跟她一起忿忿不平，誰知夏子歐巴桑整張臉像凍住

了。她用與那國語說：「你怎麼不說我們是ウチナーンチュ，不是日本人？我

們是日本人嗎？我教你說的話，你去日本說，他們聽得懂嗎！」

ウチナーンチュ——這是沖繩人的自稱。夏子歐巴桑的憤怒像伺機而動的

暴風雨，雷光躲在雲層後面，慶子從沒見過阿母這樣發脾氣。但她委屈極了，

她從未說過她們是日本人，阿母憑什麼這樣說？這蠻橫的態度讓她頂撞回去：

「ウチナーンチュ不是日本人，難不成是美國人？」

夏子歐巴桑怒不可遏，舉起手要搧巴掌，但又忍了下來。她敲著桌子說：

「ウチナー就是ウチナー，為何非得當誰的奴才？不准你再說這樣的話！」

後來慶子跟我解釋，其實她知道阿母如此生氣的原因。那時沖繩被美軍代

管，但戰爭末期，沖繩遭到盟軍極慘烈的空襲，聽疏散到臺灣的人說，沖繩諸

島的人都死光了，大家都不相信有誰能在這麼嚴重的空襲下生還，許多人曝屍

荒野，大家也麻木了，直到戰爭結束，那些屍體還無人收拾。

但夏子歐巴桑也無法原諒日本人。同樣在戰爭末期，有日本軍官在沖繩煽動了集體自殺，她有親人就在自殺的那些人裡。許多沖繩人說，他們根本就沒被日本人當人看。

當晚，夏子歐巴桑把慶子叫到眼前，已沒有白天的怒氣。她拿竹籤沾章魚吐出的墨汁，在慶子手背上畫出刺青圖案，邊畫邊說：「這不是什麼刺青，這叫『ハジチ』。本來我早該在你手上刺的，是我太傻。要是我們不時時看著自己的手，要怎麼知道自己是怎麼來的？刺完整個『ハジチ』可能要花十年，我會開始準備的，就算我不在，你也要自己完成，知道嗎？現在我要告訴你刺什麼圖案……」

她說的話，就像遙遠的故事，我聽不懂。聽著這些話，我兩眼盯著她被墨水汙染，本該白拋拋的手。從現在開始，她手上會長出那原始、宛如異形、毫無道理的刺青嗎？我不禁憐惜她，在現代社會仍舊刺青，她會被陋習奪走未來，難道夏子歐巴桑不知道自己對她做的事有多殘酷嗎？

我還記得，那時慶子望著大海，輕輕撫著手背，忽然低低地唱起歌，那是我沒聽過的語言。海霧吞噬了她的表情，歌聲走入海中，化為某種巨大的生物，跟海翁有點像。我有些生氣，突然想拉著她的手，帶她跑進海裡，逃離夏子歐巴桑丟給她的命運。

或許我真的該這麼做。在那之後，她的手逐漸出現那被稱為「ハジチ」的東西，在我看來就像被黑色的蠶啃食，不只是皮膚，還吃到骨子裡。直到夏子歐巴桑消失，慶子也沒有停下來，反而自己刺完了「ハジチ」，那是夏子歐巴桑留在她身上的東西，宛如詛咒，我害怕、憎惡那雙有著刺青的雙手。

慶子一直活在夏子歐巴桑的詛咒底下，我怎樣都救不出她；但事到如今，我猛然醒悟某件事，或許我真的對不起慶子。在憎恨著那雙手的同時，我是不是也讓她失望了呢？我想起的是無人島的事。我們早在五〇年代就開始拚無人島，那是我們的漁場，當然，我們也沒獨占，既然沒人住，就是屬於所有漁民的吧？所以我們還會跟日本、沖繩的漁民交流。但到了這十幾年，一切都變了，日本開始主張無人島是他們的。

其實這些爭端，我也不懂，但都說是無人島了，哪會屬於誰？明明如此，要是我們像過去那樣到無人島附近，就會被日本人趕走，實在令人氣結！前幾個月我忍不住跟慶子抱怨，慶子卻露出很幽微的神情，有什麼抗拒被察覺的情感凝聚在她眉頭，讓我想到幼時的她。她說：「恐驚咱著是因為無歸屬，才會親像無人島，予人清彩（隨便）佔佔去。」

當時我覺得是在附和我，就沒多想。現在想來，她將自己比喻成無人島，豈不是數落我將她置於某種孤獨？難道，為了對抗夏子歐巴桑留下的詛咒，我竟冷落了她，本末倒置？我與她這麼多年的爭吵，全都是徒勞無功的？

我的慶子——

一切都是從那天開始的吧？我的厭惡，你的埋怨，都有個無可逃避的源頭。那是在民國四十年的春天，我記得很清楚；因為我正在煩惱上國中後無法跟慶子一起上學。夏天就快到了，那是我能跟慶子一起上學的最後一個夏天。

就在那麼和平，彷彿整個世界的戰亂都與裡南方無關的夏天，夏子歐巴桑突然被魔神仔牽走了。

六

淺紅色的餐桌上還留著剛剛用抹布擦過的水漬，中間擺著生魚片，是雪芬沒見過的魚，旁邊淺淺的紙碟裡胡亂抹了哇沙比，盛入醬油，此外還有炒水蓮、清蒸鮟鱇魚肝、三杯河豚。兩人面前放了紙碗，裡頭裝半碗白飯。鍾佑娥拿了金牌臺啤回到桌邊，說：「既然來到南方澳，當然就要來吃這間店！來，雪芬姐，我幫你倒酒。」

她把玻璃杯斟到八分滿，雪芬道了謝。這是佑娥推薦的店，她氣勢洶洶地帶雪芬進來，熟門熟路地點菜，問雪芬有沒有不吃的東西後就擅自點了，點完還說「其實我有更多想推薦的菜，但兩個女生我怕吃不完」。雪芬沒想到鍾佑娥這麼海派，但也多虧如此，她不必去煩惱自己到底該不該用記者身分跟對方相處，畢竟不用套話，對方就滔滔不絕了。

在陳黃慶子的住處前，她們問彼此為何來南方澳。當然，她們都是為了陳鑫垚，但佑娥的原因跟雪芬不同。

「說來您可能難以置信，」佑娥陪雪芬繞著內埤漁港，「不過我是前幾天才知道鑫垚失蹤。最近我埋首於博士論文……而且鑫垚一天到晚在飛，手機聯絡不上也不奇怪，直到前幾天才看到新聞，才發現事已經鬧大了，我就急忙趕過來。」

「不會奇怪啦，我也知道寫論文壓力很大。我有個朋友，之前也是寫論文，最後鬧失蹤，後來才知道跑到蘭嶼的民宿去閉關，大概住了兩週吧？就算是打工換宿也太瘋狂了。不過鍾小姐為何來這裡？您認為這裡會有什麼線索嗎？」

「其實我不確定……我的想法很荒唐，請您不要笑喔！」佑娥說，「我是看新聞提到鑫垚在駕駛艙裡跟某個人說話，並稱對方為『あっぱー』（Appa）……這是南琉球方言，就是『祖母』的意思。我本來在妄想，或許鑫垚是假裝失蹤，其實只是躲起來，為了暗示我他躲在這裡，就故意留下『あっぱー』這樣的提示。對不起，看來是我想太多了。羅小姐，您剛剛在屋子裡有發現什麼嗎？有沒有鑫垚回來過的痕跡？」

原來「あっぱー」是祖母的意思。雪芬恍然大悟，想起剛剛看到的老婦，她不禁毛骨悚然；幸好她們已遠離房子。她沒說出剛剛所見，只說屋內灰塵很厚，在她進去後，沒發現別人的腳印。她不打算妄加猜測，對剛剛看到的景色，也先說服自己是幻覺。

她們聊起鑫垚的事，那時或許還有些彼此刺探的意圖吧？佑娥詳問過去的細節。坦白說，上次看到鑫垚都是十年前的事，雪芬實在沒什麼把握，但她說到鑫垚喜歡看陳舜臣的書，尤其是《琉球之風》時，佑娥忽然激動起來：「什麼！羅小姐也見過那本書？非常非常舊，搞不好二十年了！」

「咦！鑫垚還留著那本書？」雪芬大感意外。一本書放了二十年，雖然不奇怪，但通常也不會再拿出來，想不到鑫垚的女友居然看過。說到女友——其實佑娥自稱未婚妻——雪芬還真沒想到鑫垚能跟人論及婚嫁！說來有些失禮，但鑫垚不像是會討女生歡心的人。

「當然留著啊！」佑娥像在頂撞，「那本畢竟有他偶像的簽名，就在第一頁，有作者陳舜臣的簽名，還有寫給鑫垚的話。羅小姐沒看過嗎？」

被這麼一說，雪芬想起是有這回事。當時她對陳舜臣沒興趣，才沒留下深刻印象；不過……對，鑫垚是說過這件事。雖然已經不記得前因後果，當時好像在聊電影，就在話題結束時，他忽然說「對了」，把《琉球之風》拿出來。

到底是為什麼？雪芬只記得這話題來得很突然，就像鑫垚一直在等那一刻。他說了一些關於書的事，接著將扉頁打開給她看，指著上面那行字，問她怎麼想。那張宛如孩童的臉，就像在尋求理解與認同；但很可惜，雪芬已忘了那句話，也忘了當時怎麼回答。坦白說，她只記得自己不知所措。她覺得對方很認真，自己卻沒有回應那份認真的能力，所以逃走了。

那句話到底是什麼，能讓鑫垚小心翼翼地保存在書裡二十年？

「是看過……但記不清楚了，好像跟自由有關？」雪芬說。

「嗯，『毫無國界之分的海，是自由的象徵』。這好像是陳舜臣在哪說過的話，鑫垚不知透過什麼辦法找到陳舜臣，請他幫自己寫下那句話。」

啊，對。那行字確實是這樣。佑娥說出口後，雪芬忽然覺得回憶好鮮明，連字跡都如在眼前，她怎會忘了呢？明明那時鑫垚那麼認真，甚至接近渴望；這讓雪芬有種錯覺，她覺得自己彷彿錯過了什麼時機……什麼時機？是拯救他，還是理解他的時機？當然，她沒有義務拯救誰，但這種感受是不講道理的。

念頭一轉，鑫垚消失前曾說「大海很寬廣」，難道跟這行字有關……？不，可能只是巧合。雪芬將這種可能性放在心裡。

《琉球之風》彷彿吹開她們之間的隔閡，不知不覺間，佑娥對雪芬的稱呼也變成「雪芬姐」，但雪芬並未完全放鬆戒備；時間將近中午，佑娥將雪芬帶去港邊吃飯，路途中，雪芬偷偷用手機委託報社的晚輩小蘇調查「鍾佑娥」這個人，並追加幾個問題。飯桌上，輪佑娥發問了。

「雪芬姐，過這麼多天，你有得到鑫垚發生什麼事的線索嗎？任何線索都好。」

「很遺憾。」雪芬搖搖頭。其實她無法說自己盡力，因為國際問題與飛行時的細節，已有其他同事負責。她自願承擔的是從過去調查鑫垚失蹤的可能原因。但佑娥想知道的，恐怕是最現實的問題：也就是這個當下，鑫垚到底在哪裡、發生了什麼事。雪芬覺得不能隨便打發掉，主動說：「其實我有些同事更清楚，我可以問他們，再跟你說。我會來這裡，是因為聽說鑫垚的祖母也曾神祕消失。跟你一樣，我——不，我的是更沒道理的妄想，我在想這兩件神祕消失會不會有什麼關係。」

突然，佑娥臉上閃過奇妙的表情，像有人突然踩進她的影子，而她不打算讓人一下子靠這麼近。雪芬注意到了，但她不動聲色，留下半個小節的停頓。佑娥點頭：「喔，原來如此。雪芬姐還真厲害，奶奶都失蹤兩年多了，你還能找到。」

「其實沒什麼，是鑫垚的阿姨告訴我的。」

「鑫垚的阿姨？」佑娥有些迷惘，隨即緩緩點頭，「啊，確實好像有位阿姨。但據我所知，她跟鑫垚完全沒聯絡吧？提親的時候是奶奶去提的，我們討論文定，鑫垚也沒打算邀請那位阿姨的樣子。」

「請原諒我的好奇，不過你跟鑫垚是怎麼認識的？不方便說也沒關係。」

「也不會。我們是在學術研討會上認識的。」

「學術研討會？」雪芬揚起眉，她還真想不到。

「對，關於南島語族的學術研討會。」佑娥點頭，「我是人類學研究所的博士生，也是那場研討會的發表人之一，當時我發表的主題是關於『出臺灣說』——」

佑娥對「出臺灣說」做了最簡要的介紹。所謂的南島語族——包括臺灣原住民在內——這個族群在全世界分布極廣，東至以摩艾石像聞名，已經接近南美大陸的復活節島，西至非洲旁邊，島上百分之九十的動植物都是原生物種的馬達加斯加，北至我們的寶島臺灣，南至被稱為「長白雲之鄉」的紐西蘭。這些地方的居民或原住民大多使用南島語，因此統稱為南島語族。

既然分布如此廣闊，從學術的角度，自然會好奇海上四處遷徙的南島語族起點在哪裡。所謂的「出臺灣說」，就是南島語族是從臺灣四散出去的假說。「臺灣有這麼重要嗎？」有些人或許會有這樣的疑問，不過這個假說並非無中生有，甚至是當代人類學者間最接近共識的觀點；譬如，從語言學的觀點，白樂思將一千兩百五十六種南島語分為十支，臺灣原住民的南島語就占了其中九支，由於語言最多樣的地方可能就是該語系的原鄉，臺灣即使不是原鄉，也一定占了極重要的地位。

另外還有生物學上的證據。七年前開始，臺大森林系有一項研究太平洋構樹親緣關係的跨國研究，由於南島語族文化中，會割下構樹皮拍打，以製作樹皮衣，故遷徙時常攜帶構樹種子。該研究正是透過基因定序的方式，建立太平洋構樹的族譜，追蹤南島語族攜帶的構樹源於哪裡，這項研究的結果最近出來了——答案正是臺灣。

佑娥的題目，正圍繞著「出臺灣說」展開。發表結束後，有聽眾以挑戰的口氣提問，他說所謂的南島語族是西方觀點，而毛利人離臺灣這麼遠，單純從地緣上看，臺灣原住民不是更可能來自中國東南方的少數民族嗎？

佑娥沒想到會在這個場合聽到這樣非學術的觀點，但她能推想這套思考背後的邏輯——臺灣是中國不可分割的一部分。雖然國族認同是個人自由，但學術不該為其背書，因此她直接回應。

從晚期智人這個物種的遷徙史來看，所有現代人都起源於非洲，這是根據粒線體系譜得出的結論。所以真要追究起源，比起來自中國，來自非洲才是正確的；而且考古學上，原住民至少七千年前就在臺灣活動，當時中國的概念尚未形成。雖然從遷徙論，原住民的先祖確實有很高可能經過亞洲大陸，但這與當代國族主義下想像出來的中國毫無關係。

這番回應不特別，僅是學術界的常識。但研討會結束後，有位年輕男子來找佑娥，私底下問了一個問題：臺灣與南琉球這麼近，那這兩個地方到底有沒有文化、語言上的關係？

男子用了「南琉球」這個詞，令佑娥精神一振；對大部分臺灣人來說，琉球就是琉球，是一個整體，但事實上，還能再細分為北、中、南三個不同文化圈。能將「南琉球」區別出來的男人，顯然不是普通人。當然，年輕男子就是鑫垚。當佑娥知道他不是學界的人而是機師後也相當意外。但她當時的回應，並未讓鑫垚滿足。

她說，從目前的考古、文物、語言等角度看，尚無法證明臺灣與南琉球的關係。不如說，正因看不出關聯，無關的可能性較大。考慮到兩地距離如此之近，這現象並不尋常，但相關的討論尚不充分。

本來這就結束了——充其量就是一次學術性檢討，是學者對外行提問的回應，但陳鑫垚失落的神色實在太深刻。他沒有質疑或抗拒，僅僅是自制地接受，這讓佑娥驚覺自己太過草率。她不認為自己稱得上琉球專家，真的有資格下如此強烈的判斷嗎？

「這樣吧，我有個在沖繩留學的學姊，她姓盧，或許我可以引薦你，讓她回應你這個問題。」

這一轉念，他們的緣分就被鎖在一起了。佑娥也很難說是怎麼對這位青年產生好感的。要說的話，就是意外淵博的知識與難以無視的孤獨感吧？他們甚至一起到沖繩拜訪那位博士生——這是預料外的旅程，本來佑娥認為透過電子信箱通信就好，但鑫垚強烈表達希望當面提問；後來佑娥才理解，對鑫垚來說，這些問題重要到要是對方僅僅在信件上客氣地敷衍過去，他無法接受。

幸好盧博士生看在佑娥這位學妹的分上，全力回答問題。

「確實從器物的外型上，沒辦法證明先島群島的史前遺址——我是說宮古、八重山群島這些地方——沒辦法證明與臺灣史前遺址的文物有關，因為太簡單了。要說相似，也可以說相似，但太過基本的工具，就算外型相似也不奇怪，所以不能作為證明。」盧博士生在紙上畫出幾個石器外型，「不過先島群島的下田原期遺址本身，也就是新石器時代前期的遺址，其實跟臺灣部分遺址有相似之處。證據我還沒整理完，不過你只要親自去那些遺址看看就知道，這些地方的地理環境與臺灣東海岸遺址相似，位於高島處，而且陶器同樣會塗抹紅漆，還有石器只有局部加工，到了無陶土期，聚落到了低島，器物也改以貝器為主，這時才與臺灣不同。」

他們可說臨時上了一門考古課程，盧博士生最後給出結論——南琉球下田原期遺址，時間上與花蓮溪口的花崗山遺址重合，考察兩邊器物，可知兩邊應該有著相同的技術知識，這就是交流的證明。她說：「我跟你們講，一個地方有人，必定是移動過去的。那南琉球的先住民是從哪裡過去的？從史前器物看，南琉球與中國東南方遺址的器物完全不同，從臺灣過去的可能性自然比較高。」

那是佑娥第一次見到鑫垚滿足的笑。她為之高興的同時，也興起巨大的疑惑；對鑫垚來說，為何這是一件這麼重要的事？

「我也很好奇，為何這對他來說這麼重要？」雪芬問。

佑娥放下筷子，憂鬱像霧雨般吹進她眼中，她有什麼話不吐不快，最後卻哽在喉間；她搖搖頭：「就算是他女友，我也不覺得能代表他說明自己的心情。」

言下之意，鑫垚追求的答案似有某種私密性。不過，佑娥必然已有一定程度的結論，雪芬看得出來。她知道不能急著問出答案，便溫柔地說：「沒關係，只是有點好奇，你別放心上。對了，你見過陳黃慶子女士嗎？不知道你是否清楚她失蹤的前因後果，因為我只找到幾則報導，你看。」

她把手機裡存下的報導滑出來，遞給佑娥。佑娥接過手機，滑了幾頁：

「您找得很完整耶。不過最早的這篇不是很正確……雖然鑫垚也沒說出全部的事情，怪不得記者。」

「怎麼說？」

「第一，報導寫『陳先生強力反對魔神仔之說』，一般來說這會讓人覺得他是站在科學的角度反對迷信吧？但其實不是這樣。」

「不是嗎？」

「不是。我們都很清楚那情況很不符常理。鑫垚不是反對奶奶被鬼怪帶走，只是不認為那個鬼怪是魔神仔。另外，有件事鑫垚沒說，三年前，他在九月二十九號還見過奶奶最後一面。事實上，我們是一起見到的——坦白說，我也覺得那不是能以常理解釋的怪現象……」

雪芬睜大眼，連忙問：「怎麼回事？」

佑娥接下來說的，是件極不尋常的事。在那之前，她從未想過僅僅一天的遭遇就能影響他們的人生；不過，要說預兆，也不是沒有。他們到南方澳時，有種熱鬧過後的盛景，彷彿前幾天有什麼大活動。不是因為港邊留下了狂歡過後的垃圾，而是狂歡的情緒本就無法這麼快平息下來，尤其在一個地方性很強的海港，即使什麼跡象都沒顯露，也能感到一顆透明的心臟在高速鼓動。佑娥跟鑫垚並沒有流連於這些奇妙的細節，因為他們這次來南方澳有重要的事——為了跟奶奶商討文定的流程。

其實他們已挑選好幾個適合的日子，本來只要打電話問奶奶的意見即可，但鑫垚想多花時間陪陪老人家。畢竟奶奶是他世上唯一能稱為親族的人，佑娥想，她很快也會參與這個親族。兩人挽手到了南方澳，還在拜訪奶奶前，先到情人灣吹著海風散步。那時情人灣已是觀光景點，甚至有個平臺寫著有多少人在此求婚成功。佑娥想，真有人會在此求婚嗎？像這樣複製求婚成功者的事蹟，哪有什麼一生一次的特殊性？這麼想雖有些憤世嫉俗，但佑娥心裡充滿溫暖。不是因為即將步入禮堂，而是未來正沿著預期的方向前進；即使是不求長進的卑微航海家，看著正確的星空時，也有禱告感恩的資格。

他們沒事前通知奶奶，但說也奇怪，到了奶奶家時，奶奶好像早就在等他們。她穿著盛裝，像特別打扮過，佑娥已見過奶奶好幾次，本來就很喜歡這位老人家，但那一刻，她卻感到奶奶豔麗到有些距離，彷彿奶奶不是坐在客廳，而是在二樓偷窺他們。

奶奶笑著招待：「哎呀，恁總算來啊！我一直咧等恁。來來來，緊來坐，我有物件欲予恁。」

她端出切好的西瓜，旁邊擺了銀色的湯匙。西瓜冰涼涼的，彷彿剛從冷凍庫拿出來，光看著就透出寒氣。鑫垚提起文定的事，奶奶卻說：「莫遮著急，我敢毋是講有物件欲予恁？」

她取出一個布面的盒子，手伸進去，乾癟刺了青的手握拳，像老鷹有力的禽爪，接著她將佑娥的手抓過去，將什麼遞到她手上。那是一條珊瑚項鍊——說到這裡，佑娥把項鍊給雪芬看，她並沒有掛在脖子上，而是收藏在手提包的深處。項鍊看來很樸素，像直接在白色的珊瑚上鑿出洞，將鍊子串過去。珊瑚甚至沒打磨過，還保留了彷彿能呼吸的小孔，暈著淡淡的粉紅色。

但雪芬沒仔細看。她想著另外一件事。當年陳黃慶子跟佑娥他們說的話——說他們終於來了，有東西要給他們，這話不是跟剛剛出現在陳黃慶子家裡的老婦相同？這表示什麼？雪芬不禁些微戰慄。

佑娥回憶中的陳黃慶子拿出另一個東西給鑫垚，那是一張黑白照片。老奶奶說：「這是我阿母的相片，我一直攏保存甲好勢好勢。鑫垚，這馬（現在）我送予你，你著愛好好仔保管呢。」

那是穿著和服，臉孔輪廓卻相當深邃的婦女，要不是佑娥知道她是琉球人，或許會以為是原住民吧？婦女手上刺青，拍照時卻沒打算遮掩，而是非常自然地展露。鑫垚乖巧的面孔浮起疑惑，他說：「あっぱー，哪會暴憑間（突然）來出現咧？」

奶奶沒回答，而是將盒子攎到一邊：「恁先食西瓜喔，我等咧就落來佮恁講。」說完便默默上樓。鑫垚與佑娥面面相覷，都感到奶奶態度很不尋常。那時佑娥已有不好的預感。她想起之前第一次見面時，奶奶明明那麼親切，還握著她的手說：「真正足多謝你，我足煩惱阮兒鑫垚揣無（找不到）會使照顧伊的人，而且你閣是博士！遮優秀！」提親時也非常客氣穩重，為何現在感覺有些距離？是自己做錯了什麼嗎？

兩人將西瓜吃完，鑫垚拿盤子到廚房清洗，像在自己家。他們在客廳沙發上握著彼此的手，鑫垚知道佑娥有些不安，開口說他知道奶奶有多喜歡她，剛剛不是還送她項鍊嗎？沒有人會送東西給不喜歡的人。可是佑娥知道鑫垚或許比她更不安。那是某種難以言喻的預感，就像明明剛過正午，天色卻已昏黃，那種天體運動規模的不協調會令人毛骨悚然。

時間被一截截裁去，鑫垚忍不住說「我們上去看看好了」，佑娥也認同。其實她早就這麼想，只是自己畢竟還是外人，不宜主動提出要進入被歸為私人空間的二樓。這對愛侶走上樓梯，經過神龕，鑫垚在和室拉門外喊「あっぱー」，卻沒回應。

他們打開門，裡面空無一人。通往陽臺的玻璃門是鎖上的。鑫垚打開玻璃門，奶奶也不在陽臺。佑娥駭然，這樣看起來，從這個房間應該無法離開房子才對，陽臺被鐵窗花封住，玻璃門也是鎖上的。那樓梯旁邊呢？她拉著鑫垚到樓梯旁的房間，那是倉庫，擺滿了雜物，卻沒有對外通道，只有一個窗戶，但窗戶也被鎖上了。

這樣一來，奶奶怎麼可能不在二樓？剛剛他們就在沙發上，要是奶奶下樓來，他們一定會看到啊！

鑫垚看來也很異常，他整張臉皺在一起，下巴痛苦地張著，舌頭伸出，像要嘔吐。這樣貌可怖到讓佑娥害怕。但他緊緊握著佑娥，佑娥決定支持他纖細的內在。她貼著他，讓他知道自己在旁邊，輕聲說：「不用擔心，什麼都不用擔心。奶奶是這房子的主人，不可能在房子裡消失！一定是有什麼只有她知道的辦法，而她臨時有什麼事才離開房子的。」

鑫垚用力搖頭，看來快哭了。他發出兩個音節：「Shikkii……」

「Shikkii？」雪芬覆誦一遍，她沒聽過這個詞，聽發音也不像中文，她疑惑地看向佑娥，「Shikkii是什麼？這也是沖繩方言？」

但看到佑娥表情的雪芬卻嚇一跳，因為眼前的人類學博士生正低著頭，強忍情緒，像被責罵的少女；雪芬知道這時不該追問，因為情緒需要消化的時間。不過，與其說她在等佑娥告白，不如說是在陪伴朋友。這時的她已不是記者，而是把對方當成學弟的未婚妻看待，要是這種時候還用記者的技巧撬開對方的嘴，雪芬也無法諒解自己吧。

「雪芬姐，」佑娥像是嘆息般開口，「鑫垚從來沒跟你說過Shikkii的事吧，他說過奶奶的母親發生過什麼事嗎？」

「不，我沒聽過。」

「那麼，或許我不該說。我猜那是鑫垚藏在內心深處的祕密。不過，」佑娥搖著頭，聲音像落進池塘的雨，「我始終覺得他希望世上有更多人能理解他，即使那是很難的事，因為太不尋常了；鑫垚一定是碰壁好幾次，最後終於絕望了。但我覺得雪芬姐能懂，所以決定告訴你……也希望告訴你之後，你能夠理解我。」

她實在太過認真。那雙眼睛壓抑的悲憤與哀傷，幾乎令人窒息；那絕不是能輕鬆承擔下來的事物。雪芬看過這表情，身為記者，她保守了無數的祕密，所有的祕密都有重量，有些重到令人寸步難行。正因如此——雪芬知道自己不能放著不管。當一個人向自己尋求理解，難道她能逃避嗎？她早就下定決心，根本沒有退縮的空間。

「我知道了。我保證我會盡力理解。」羅雪芬握住佑娥的手，她的手有些冰冷，那是南方澳的陽光無法溫暖的。

七

我見過魔神仔。

夏子歐巴桑就是被魔神仔牽走的，在那之後慶子就變了。不，不只慶子，她阿爸也是。當時裡南方流傳著毫無根據、甚至能說是惡毒的謠言，那些人說夏子歐巴桑跟別的男人跑了，每次慶子阿爸聽到這種話，都要跟人拚命，還將那些人列為店鋪的拒絕往來戶。剛開始還有人同情他，久而久之，他反而被村裡人討厭。

慶子阿爸不相信魔神仔，嚷嚷著：「就算講予魔神仔牽去，死嘛愛揣著死體啦！」所以每天上山。我曾想像他在山上遊蕩，尋找夏子歐巴桑的樣子，像忘了死去的遊魂。他回來後會用威嚇的口吻警告別人：「既然無揣著死體，表示她閣活咧，無可能是魔神仔！」

老實講，那樣子很嚇人。

他真的很疼惜夏子歐巴桑，但或許是太疼惜，在那之後他老得很快，快到像是漏了氣的氣球，咻的一下，氣球失去蹤跡，他身上的時間也是。他甚至老到像忘了妻子、忘了魔神仔，有一天，他忽然不再上山，也不再提夏子歐巴桑，整天沉默不語窩在雜貨店裡，卻沒認真管，這些工作最後都落到小學還沒畢業的慶子頭上。

因為擔心她，我一有時間就去幫忙；當我在店裡進進出出成為常態，就連村裡其他人都覺得以後慶子該嫁給我了。可能有人覺得是趁人之危，但我沒這種想法，我只想幫助慶子。而且店鋪確實需要幫忙。黃家不是沒人，但誰也沒有多餘的力氣來顧這間店。一開始慶子也說不能讓我幫這麼多，不過認清現實後，她也不再多說。無論如何，我為那間店貢獻了時光，問心無愧。

夏子歐巴桑失蹤後，慶子堅持她阿母不是被魔神仔牽走，直到婚後依然如此。這件事，我跟她吵了一輩子。因為我認為她的妄想是夏子歐巴桑留下的壞影響，更重要的是——對，我見過魔神仔。那是在夏子歐巴桑失蹤前一天的晚上。我會在那個晚上遊蕩，則是被慶子激怒的。

這事要再往前追溯幾天。那時村裡流傳著可怕的流言，說裡南方前往港邊的路上有「壞人」出沒，我第一次聽說，是在南方澳戲院，當時同年級的坤仔拉著我去看電影。雖然小孩子沒錢，但只要死皮賴臉堵在戲院門口，總會有好心的大人帶我們進去。

戲院裡擠滿了人，投影機的光濃到像在燃燒，將巨大人臉投到螢幕上，有些斷斷續續，還有蛾的影子。坤仔看到一半就分心了，他湊到我旁邊，像要跟我講祕密；他說，最近裡南方往港口的路，晚上都會有怪人徘徊，偷偷摸摸的，也不知要做什麼。要是有人向他發話，遠遠就會躲開。南方澳是人來人往的地方，有新面孔也不奇怪，但裡南方沒有港口，很少外人，大家彼此認識，陌生人也格外引人注目。

「我阿爸是聽文雄伯講的，這件代誌敢若足濟人（很多人）攏知影。我共阿爸講，啊既然遮爾濟人知影，是按怎逐家無相招去掠（捉）彼个歹人咧？結果你敢知？阿爸竟然共我拍（打我），愛我恬去，實在是氣死人！遮是咱蹛的所在呢！明明是大人閣遮無膽，真正是無啥潲路用。」

坤仔邊說邊玩翁仔標。本來我也只是聽聽，但看完電影，回家的路落在夜裡，像垂到天邊的絲線，細長又遙遠，我突然怕了。從戲院回裡南方，要經過怪人出沒的地方，幸虧坤仔在旁邊，還可以壯膽，我們一路上大聲聊天，沒看到什麼可疑的東西。晚上我跟阿爸、阿母講這件事，阿爸說：「有這款代誌？我明仔暗時去巡巡看看咧，若是拄著歹人就共伊揁予死！」

阿爸講得漫不經心，阿母卻有些緊張，將他拉到旁邊竊竊私語，慢慢的，阿爸的表情嚴肅起來。我突然有種奇怪的感覺，彷彿朦朧無形的黑暗有了實體，本來只是模糊的恐懼，卻成了近在眼前的威脅。阿爸過來說：「垚仔，明仔載開始你下課了後就直接轉來，莫佇外口四界風騷，嘛莫隨在接近生分人（陌生人），知影無？」

「阿爸，敢講你知影彼个歹人是啥人？」

「無啦！原本就愛注意安全啊！阿爸的話愛聽，知無？」

阿爸想隱瞞什麼，可是為什麼？那時我想不通，後來我猜，或許阿爸、阿母以為是警察或特務，是來抓走私的。戰爭結束後，南方澳掀起了走私的狂潮，不只是利益驚人，當時對面的與那國島可是海上走私中心，離南方澳這麼近，兩邊還有相通的人脈，只要有機會，哪可能不投入走私？阿爸沒讓我跟小弟幫忙，甚至不讓我們知道走私的事，但我們怎可能不知道？有同學就在幫家裡走私，還在下課聊這些話題啊！最初我跟小弟也猜是不是我們家沒參與，但從種種徵兆看，我們家應該是有參一腳，只是瞞著小孩子。

既然當初已經瞞著孩子，自然就會瞞到底，這就是為何他們不想說明的原因吧？當然，這只是我的猜測。畢竟民國四十年時，走私的情況已經很罕見了，同學都在抱怨政府抓得很嚴，所以阿爸他們擔心的事也可能跟走私無關。

無論他們對那個「壞人」有何猜想——他們都錯了。因為那個人既不是警察，也不是特務，他甚至不是人，是魔神仔。

阿爸神神祕祕，反而讓我害怕。第二天放學，我沒聽阿爸的話馬上回家，而是跟慶子一起到她家店鋪。夏子歐巴桑對我微笑歡迎，慶子卻說：「這个人歸工到暗攏共我綴牢牢（糾纏），嘛無愛轉去厝內鬥做穡（做工）。」

我連忙辯解：「無啊！這站仔的海風傷透（很大），船無啥法度出港，厝內無啥物代誌需要鬥做啦！」夏子歐巴桑笑了，要慶子對我好些，但我不介意，我喜歡慶子那樣斥責我；那天天氣意外清爽，山頭的陽光灑在地面上，將帶著點濕的溫熱送進棚子底下，像阿母摸我的頭那樣溫暖，很舒服。我提起前一天的事，坤仔說前往港邊的路上晚上有怪人出沒的事，本想嚇嚇慶子，誰知慶子不以為然。

「是喔，我哪會無聽講，敢是坤仔咧共你嚇驚？」

「毋是啦，真濟人知影呢！」

「我就毋知啦，你阿爸毋是嘛無聽過？」慶子說。我一時啞口無言，慶子見我沒回嘴，便取笑我，「你看，坤仔清彩講講咧你就相信，真戇呢！」

要是平時，我應該會順著慶子，笑著說坤仔真不夠意思，居然騙我。但那天不知怎麼回事，我覺得被羞辱了，惱火起來；我對她這麼好，她怎能這樣對我？因此我生氣地說：「你莫烏白講，坤仔是我兄弟，他才袂騙我！」

「好啦！好啦！坤仔無烏白講，暗時仔誠實（真的）有歹人出見，足驚人喔！垚仔你莫驚，阿姊共你惜惜。」慶子說著便摸我的頭，居然把我當小孩，沒大沒小！我真的生氣了，揮開她的手說「我欲轉去矣」，也沒跟夏子歐巴桑告別就跑到店外，臨走前回頭：「我共你講，我會證明坤仔無咧嘐潲（沒亂講）！」

這就是我晚上偷溜出來，在外遊蕩的原因。但剛離家不久我就後悔了；雖然誇下海口說要證明，但我能怎麼做？難道要抓到那個人？我這麼小，要是反而被抓怎麼辦？有照相機的話，或許還能把壞人的樣子拍下來，但家裡才沒這麼時髦的東西。

月的清輝從東邊的小丘探出，像在偷笑一樣。往南方澳的路在猴猴池對面，但我被月色吸引，忍不住走上小丘。小丘彼端是海，月亮被埋在鬼茅後面，我走到小丘最上方，張開雙臂般朝兩邊延伸的海岸彷彿沒有盡頭，浪濤聲如行軍般走上岸，然後又瓦解，讓我毛骨悚然。月亮懸在半空，在慘淡的藍色雲朵間，傲然且無情。我感到自己愚蠢至極，但要向慶子認錯，我做不到，也不覺得自己有錯。我對慶子陷入又憤怒又悲哀的複雜情緒。

突然，有什麼東西出現在海邊。月光照出那東西的影子，我才能看到那東西在動；它像是從海中走出來，拖著巨大的重量，自岬角的闇影中現身。我感到好奇，那東西看來像人，但又比一般人要巨大，而且它是從哪裡出現的？這裡又沒有船，難道它是游泳來的？

徘徊在裡南方外的壞人——對惡鬼的想像悄無聲地穿透我腦海，讓我渾身發涼；這個像人的東西，就是坤仔說的那傢伙？突然，那人看到了我，並朝我揮手。我嚇一跳。他是怎麼發現我的？難道月光不只拆穿了他，也背叛了我？我連忙從躲藏的鬼茅中跳躍而出，頭也不回地往猴猴池的方向跑。突然黑暗覆蓋整個大地，天上的雲擋住了月光，我忍不住咒罵自己居然沒帶燈，無光的世界嚇壞了我，整個宇宙彷彿只剩下我的腳步與心跳，還有粗重的呼吸。不能被抓到，我一定要趕快回家。

「嘿！」

我腳下一空，感到自己被巨大的手掌抓了起來——是那傢伙！怎麼可能？剛剛他在海邊，離我至少有幾百公尺遠耶！到底是怎樣的腳力，才能在幾秒內到我身邊？我忍不住尖叫，用全身力氣把所有髒話罵出來，並抓住他的手用力掙扎，但這一摸可不得了，那根本不是人類的手，整隻手都毛毛的，跟猴子一樣。

這傢伙不是人。

我恍然大悟，同時起了渾身的雞皮疙瘩。他不是人！難怪能這麼快過來！想通之後，我更是把所知的髒話全都傾倒而出，同時用力掙扎。那東西嚷嚷著，像在說話，但我聽不懂。它就跟從豢養牠的人那裡逃出來的猩猩沒兩樣。

它抓著我的衣領，我卻怕它將我掐死，或把我的頭皮撕下來，我舉起腳朝大概是臉的方向踢過去。

這下奏效了，它沒發出聲音，卻鬆開了手；我掉到地上，像滾到地上的彈珠飛快彈起。眼前還是一片黑暗，我詛咒月亮，詛咒派不上用場的星空，但方向其實不重要，重點是逃離那東西！我正在往下，所以方向是對的，突然我失去平衡，「嘩啦」一聲跌進水裡。

我一定是跌進了猴猴池。我不敢探出頭，憋著氣，緩緩在猴猴池裡移動。也不知過了多久，我終於憋不住氣，浮出水面，只見烏雲已經過去，月亮又清冷地照亮一切，四處都沒那東西的影子。

它消失了，就像它從未出現過。

但它在，剛剛就在這裡！我知道它是什麼。能移動這麼快，還全身是毛，一定是魔神仔！我聽說過的，魔神仔渾身是毛，看來黑黑的，雖然一般都很瘦小，但剛剛的魔神仔很巨大，或許是魔神仔中吃得特別好、長得特別壯的，一定是這樣！我既害怕，又覺得不可思議，難道坤仔說的居然不是人，是魔神仔？還是我遇上的根本不是那個壞人，只是單純被魔神仔碰上？

還記得回家後，我被阿爸痛打一頓。阿母問我為何跑出去，我卻對那時發生的事三緘其口；要是說出來，有人會信嗎？不，比起那個，我更怕魔神仔對我糾纏不放。那隻黑暗中毛茸茸的手，難道不會突然從窗外伸進來，把我抓出去？所以我不說，也不去想。不想的話，魔神仔就不會來，我摀著嘴把恐懼都吞到肚子裡，即使肚子根本裝不下。

在那之後，我像被雷劈般無法思考，一直渾渾噩噩的，腦海中都是那毛茸茸的手，既沒想要告訴坤仔，也沒想到慶子，第二天直接裝病窩在家裡。雖然外面是大太陽，但我害怕出門，就算有同學陪我也不敢。我幻想巨大猩猩般的魔神仔會在南方澳戲院門前堵我，一見到我就風一般地把我抓走，把我帶到山上，讓我再也回不來。

現在想想，要是一直這麼下去，或許我會變成一個沒有用的廢物。就連家人要帶我去收驚，我也使勁耍賴，一哭二鬧三上吊。但幾天後的週日，慶子出現了，她開朗地闖進來，就像太陽滾進屋子裡，劈頭就問我怎麼都沒去上學？我瞪著她，像是這時才想起她，還有她對我的調侃。由於還有些恍神，我連羞愧自卑的力氣都沒有，慶子把我從床上拉起來：「起來啦！垚仔。你看起來規叢好好啊！著算人真正破病，嘛愛起來行行（走走）咧身體才會勇健啦。」

她硬是把我拖出去，幾日不見的烈陽射進我眼眶，像腦門刺進暖洋洋的針，舒緩了我的恐懼；夏子歐巴桑站在門前，我這才知道是她帶慶子來的，她拎著好多水果，推給阿母，說是感謝我平常去幫忙。當時阿爸不在，阿母千謝萬謝的，我站在他們旁邊，突然覺得這裡根本沒有黑暗的容身之處，魔神仔就像水中幻影，我到底在怕什麼？只是自己嚇自己！這讓我又羞又氣。

「垚仔，你無代誌吧？身體有要緊無？」夏子歐巴桑問。

「這馬無代誌矣！」我打起精神。慶子在我身旁轉來轉去，看她的樣子，像是根本不記得前幾天的事，也沒要我提出晚上有壞人出沒的證據，她是忘了，還是根本沒這回事？或許一切都是夢，只是我把夢裡的衝突當成了現實。阿母見我恢復精神，也鼓勵我跟慶子出去，我追著慶子來到猴猴池邊，或許是天氣太好，大家寧願躲在屋子裡，池邊沒半個人，其他孩子或許都到港邊玩了吧？我看著陽光下的慶子，感到魔神仔躲到了夢裡最黑暗的角落，再也出不來。

夏子歐巴桑也在，她的話反而讓我意識到那不是夢。她問：「垚仔，你毋是講欲去揣（找）彼个暗時會佇外口出現的歹人，敢有揣著？」

我脹紅了臉，要是根本沒這回事多好啊！幸好慶子沒在聽，她站在池裡，像在找裡面的魚。我說：「無啦，我啥物攏無影（沒有）著。」

「按呢喔，無著好（那就好）！」夏子歐巴桑像是放心了。

「垚仔！」慶子跑到我旁邊，「咱足久無禁氣（憋氣）啊，來比賽吧！」

她笑起來比花朵還天真無邪，彷彿任何危難都無法傷害她；我不禁胡思亂想，難道只要在她身邊，世界就會永遠和平？這麼沒根據的想法，那時我卻覺得像是真理。看著她，我點點頭。慶子脫掉上衣——過去我們向來是這麼做的，既然要潛到池底，怎能不脫掉上衣？但我們好久沒比賽了，不知為何，我突然臉紅心跳，羞恥感爬滿全身。慶子自然地走到池中，回過頭說：「按怎啦？緊過來啊！你若是無入來就無法度開始啊！」

我彆扭地脫掉衣服，緩緩走進混濁的猴猴池。飽滿而閃耀的太陽將水面的紋路映到慶子身上，讓她身體發著光，像金色的小蛇一樣扭來扭去。那時她明明才小學，但她深邃的輪廓卻像成人，讓人聯想到幾十年後的她。

「慶子，垚仔，恁兩个愛細膩（小心）喔！」

夏子歐巴桑坐在池邊呼喚。

「阿母！幫我看阮兩人是啥人較贏！」慶子高聲說，接著就把頭埋進池子裡；我忽然想起我們都沒帶蛙鏡，但管他的，難道不戴蛙鏡就不能潛水了？我也一頭鑽進去。不知為何，在池水淹過我頭頂的短短瞬間，我突然有種預感——我們的關係或許要永遠改變了。本來我就在煩惱，等夏天到來，學期結束，我就沒理由跟她一起上學，到時我們該怎麼辦？說起來，難道她不煩惱嗎？她究竟是怎麼看我的，有想過跟我一直在一起嗎？

明明在水裡，我卻全身發熱，腦袋裡胡思亂想；不行，不想了，等我探出頭，我一定要把這些問題一口氣問出來……不，不對，這是比賽啊！這樣好了，要是我贏了的話，我就要問問她的想法！於是我比平常更努力忍耐，甚至摀住口，用手捏住鼻子。不知多少時間過去，我兩腳一蹬，浮出水面。

渾圓的太陽高掛在天上。我抹掉臉上的水，一時睜不開眼，但瞇著眼睛看，我大感失望。慶子顯然還在猴猴池裡，水面平靜到裡面不像有人，這次是我輸了。大約十秒鐘後，慶子才從水裡竄出。

「這擺是我贏矣！」少女歡喜地說，「阿母，你看！我贏矣！」

她看向岸邊，神色有些詫異。我也看過去，池畔空無一人，夏子歐巴桑不知道哪裡去了。怎麼回事？我們面面相覷，那時卻不怎麼害怕，因為只是不見蹤影，有太多種可能了，她可能忽然想起什麼事，跑去辦事了，或是遇上朋友，兩人到其他地方聊天；但仔細想想，就發現事情不太對勁。

我跟慶子在猴猴池裡憋氣，就算再怎麼努力，兩分鐘就很多了，不太可能超過三分鐘。但以夏子歐巴桑剛剛的位置為起點，不管是往港邊的方向，或往山上，或是要越過小山丘前往海邊，都不是三分鐘就能走到的。然而我們舉目所及，四處都沒有夏子歐巴桑的蹤影，難道她走得飛快，能迅速從我們的視線中消失？

——不可思議的速度，我突然想起前幾天遇上的事；那個魔神仔就是瞬間到我旁邊的。我心跳加快，渾身發涼，明明是大熱天！慶子跳出猴猴池，跑到岸上大喊：「阿母！阿母！你佇佗位（你在哪）？」

我也跟著大喊：「夏子歐巴桑！你敢有聽著？你佇佗位？」

風聲與海浪聲聽來都好遙遠。明明是春天，山上卻傳來不尋常的蟬鳴聲。

我們緊張地在池邊呼喚，沒多久，池邊居民就從房子出來，他們瞭解情況後，也幫忙找，連我們剛剛看不見的死角，包括房子的後側跟內部都找過一遍。慶子越來越不安，她似乎也察覺到這件事有多不可思議。

很快地，夏子歐巴桑在光天化日之下消失的事傳遍整個裡南方，阿母聽說這件事時吃驚到說不出話，畢竟中午才見過面啊！到了傍晚，慶子她阿爸帶她到港邊的警察局報案，留在裡南方的人們七嘴八舌，不只孩子向我追問，就連大人也逼我鉅細靡遺地說出一切細節。而我越是講，就越覺得夏子歐巴桑根本不可能在這麼短的時間內消失。

是魔神仔。

我毛骨悚然，頭髮也幾乎要豎起來了！這事毫無疑問是魔神仔做的。前幾天，魔神仔到了裡南方，現在它帶走了夏子歐巴桑，一定是這樣沒錯！我害怕到顫抖，同時又有些興奮；被魔神仔牽走，不一定就沒救了啊！有可能只是被牽到山上，雖然可能被騙去吃屎，但有可能還活著！沒錯，只要去拜拜就行了，去求城隍、求媽祖，神明一定會保佑夏子歐巴桑平安無事回來！我要趕快告訴慶子。

但第二天，慶子不見蹤影，平常我們都一起上學，那天到黃家敲門，裡面卻悄然無聲；我擔憂地跟其他學生走到大戲院，滿腦子都在想慶子的事，當然也沒專心上課。放學後，我立刻衝去找慶子，但無論是她家，還是她家的店鋪，都沒有她的蹤影。我想起戰爭結束後，我擔心她被遣返，擔心她像阿兄一樣消失，難道那樣的惡夢到現在才發生？還是說，她也被魔神仔牽走了？我越來越害怕。

我跑到小丘上，一眼就從海灘上零零落落的幾人中認出慶子。夕陽已落在港邊那側，海邊的天空沒被染紅，還是有些落寞的湛藍。我朝慶子跑去，某段回憶像被吹散的迷霧，平貼過我的臉頰與耳窩；那天慶子手上塗了章魚墨汁，墨汁本是刺青的形狀，海水一洗就掉了。但這幾年，她手上確實慢慢長出奇妙的黑色圖紋。

我有些驚駭。

這是我的回憶，回憶怎麼可能這麼歷歷在目？我既感到不可思議，又感到害怕，因為我對接下來發生的事也很清楚；接下來的對話，將會糾纏我們一輩子，我們總是為此爭論，彷彿要將對方撕裂。

回憶中的我來到她身邊。那時慶子正在看手背的刺青，掌心面向海洋，還有海平面彼端的島嶼。光是見到她、知道她沒失蹤，我心頭就浮起淡淡的喜悅。

「慶子，」我微微喘著氣，「你免煩惱啦，你阿母是予魔神仔牽去，無要緊啦。緊，緊去拜託城隍爺，請祂救你阿母。咱做夥去好無？」

慶子小小聲地回應我，但她的聲音被海風與浪濤蓋住，我聽不清楚。其實，那時我就有些害怕了。因為慶子說出來的話，像是我沒聽過的語言。

「啥物？你講啥？」

我大聲問。

「我講，阿母毋是予魔神仔牽去，」慶子轉過頭，安靜地面向我，聲音像在唱歌，「她是予Shikkii焘（帶）走的。」

八

情人灣最靠近海的人行道旁，咖啡店彼此簇著，彷彿有個巨大的孩子把它們捧起，當成模型壓在一起。這些店家主打優美的海岸景觀，只有少數幾間沒提及，它們雖然沒有大城市咖啡店的現代敞亮，卻有種被時間淘洗過的感覺。並不是陳舊，而是抵抗著海風的姿態，讓它們看上去都比實際滄桑些。佑娥跟雪芬選了其中一間進去。她們離開剛剛用餐的餐廳，是因為翻桌率高，不宜久坐。這間咖啡店人少，正是雪芬心中適合對話的地方，人多會讓人過分拘謹，有些話就說不出口了。

坐下後，佑娥繼續之前的話題，說起Shikkii的事。

「Shikkii是流傳在琉球的傳說，片假名寫成『シッキー』，也有ヒチ、シキ、ヒキ、シチ等唸法，發音都差不多。」她用手機輸入日文，展示給雪芬

看，「這種傳說中的妖怪會把人抓走。在日本，所謂的『神隱』通常是狐狸或天狗所為，但在琉球，多半就是被シッキー帶走。據說在國頭地方，曾有人被シッキー抓走，迷迷糊糊間不知自己身在何處，最後在四百公里之外的地方被找到。」

雪芬沒想到話題會來到「妖怪」上。

剛剛來此的路上，她已聽佑娥說鑫垚的外太婆，也就是陳黃慶子的母親玉城夏子女士同樣在不可思議的情況下失蹤。原來這家族早有這種離奇案例？雪芬感到不可思議，又有些茫然，難怪當初佑娥聽到她將鑫垚跟陳黃慶子的失蹤聯繫在一起時欲言又止，若是再加上玉城夏子的離奇事件，這個家族宛如被詛咒，正吻合雪芬的直覺。不過，真的該同意是被「妖怪」抓走嗎？

話題會回到「シッキー」，是因為佑娥說陳黃慶子堅持玉城夏子是被シッキー帶走，而不是魔神仔。這個シッキー，也是陳黃慶子本人自己失蹤時，陳鑫垚馬上聯想到的「幕後黑手」。為何有這樣的聯想？聽剛剛佑娥介紹，不難發現シッキー跟魔神仔都會讓人失神、迷路。雪芬問：「所以這個シッキー，很像魔神仔嗎？」

「我的專業不是民俗學，所以不敢下判斷，但為了鑫垚，我確實試著瞭解過。シッキー有個傳說是這樣的，遇到シッキー，牠會問你要吃『赤飯』還是『白飯』，如果選擇『赤飯』，就會吃到紅色的土壤，要是選擇『白飯』，就會吃到乾燥的海浪泡沫，總之都是原本不能吃的東西，這不正是魔神仔捉弄被害者常見的把戲？被害者以為是吃雞腿，其實是吃了泥土、雜草、糞便。不只如此，在《沖繩民俗》的〈平安座島調查報告〉，裡面提到有個孩子因為不堪被養父母虐待，跑到海邊哭泣，結果シッキー化身為漁夫將孩子帶走。孩子不見後，家人委託琉球傳統的女祭司『祝女』處理，三天後，祝女用法術查到シッキー藏身在附近的無人島，然後在第八天，化身成漁夫的シッキー帶著孩子出現，但祝女已率人埋伏，並用法術破除了シッキー的變身。那孩子看到シッキー的真面目，哭著逃脫了，シッキー則被祝女用法術趕走。シッキー能變身，這也是魔神仔常用的伎倆。魔神仔要請被害者吃大餐時，不都會變身成平凡無害的樣子？而求助於宗教勢力，找出被魔神仔牽走的人，在臺灣也很常見。」

雪芬有些驚訝，她確實問了兩者是否相似，卻沒想到這麼像；她忍不住說：「這麼聽起來，難道魔神仔跟シッキー是同一種東西，只是臺灣跟沖繩的稱呼方式不同？」

佑娥搖搖頭：「這也未必。說像當然像，但在琉球的眾多文獻中，也有迥然相異的紀錄。像柳田國男的〈漁村語彙〉，要是拿著薦子走夜路，或是將梳子插在頭髮上走路，就會被シッキー抓走，臺灣就沒有這樣的說法。差最多的是喜界島的說法，シッキー被認為是難產而死的女性變化而成。有些地方說シッキー是連接天地、像煙一樣的圓柱體，喜界島跟與那城都有這種傳說。在中城村，シッキー就像黑色高高的竿子，遇見人時會越來越高、越來越高，然後倒下殺死遇見シッキー的人。琉球有一則童話叫『二十三夜大人』，裡面有黑、白、黃三種顏色的シッキー擋在主角前面，主角拿刀砍了黃色シッキー，シッキー居然消失了，剩下黃金，這當然也跟我們熟悉的魔神仔完全不同。」

「所以是完全不同的東西？」

「雪芬姐，」佑娥誠懇地說，「要說相不相同，恐怕很困難。畢竟傳說有眾多變體。也有一種可能，就是シッキー在琉球太有名，所以有其他傳說被シッキー吸收；在臺灣，有時『魔神仔』也能代稱所有『歹物仔』不是嗎？有些非典型的作祟，也會說是魔神仔做的，這是同樣的道理。傳說本身的相異處很多，但最主要的印象就是『能讓人迷迷糊糊地被帶到其他地方』，這點無疑非常相似。事實上，不只臺灣漢人跟琉球，原住民也流傳著非常類似的傳聞。」

「什麼？真的嗎？」

「嗯，像撒奇萊雅族有所謂的『Lalimenah』，會幻化成死去的人，讓睡夢中的人夢遊到遠方，讓人迷路，讓人爬到樹上下不來。根據日本時代的人類學文獻，Lalimenah甚至會讓人吃牛糞、草木、蟲類……你看，這不是跟魔神仔很像嗎？」

確實很像。聽著這些故事，雪芬不禁起了雞皮疙瘩。

「佐山融吉的《生蕃傳說集》中有篇〈妖怪的手〉，記錄了臺中和平區的泰雅族少女，在夜裡被一隻神祕的手帶走，最後在一棵大樹上發現她，把她救下來後，她卻因為過度驚嚇而成為啞巴。在魔神仔案例中，也有受害者被嚇到痴呆，說不出話。屏東排灣族有所謂『Wuyawuyatsumas』，同樣會讓人在山上恍神，讓人吃牛糞。在臺東的阿美、卑南族裡流傳著『Saraw』傳說，根據日本時代文獻，看到Saraw的人會失神或發瘋，Saraw也會把人抓進山裡藏起來。這種讓人喪失神智，或是就此消失的現象，當然與魔神仔類似。值得一提的是，文獻指出Saraw是非常高大的魔怪，甚至跟天一樣高——你看，這不是又跟琉球某些地方流傳的シッキー傳說類似？」

雪芬一時難以負荷，訊息量太大了，而且還是令人毛骨悚然的傳說。當然，她親身經歷過極恐怖的事，但如此密集接收同類型傳說，還是令她備感壓力。本來她以為魔神仔是漢人獨有的傳說，現在聽佑娥說，原來原住民族間也流傳這類故事，甚至沖繩都有同型傳說？簡直就像世上真的有魔神仔，所以不同族群才會有同樣遭遇，只是用不同名稱來稱呼——

不不，這不太對吧？雪芬像是提醒自己般搖搖頭。她怎會迷失在詭譎的魔神仔傳說裡？她來這裡，不是為了調查陳鑫垚的事嗎？雖然鑫垚不可思議的消失方式疑似魔神仔作祟，但這些民俗學知識真的有幫助嗎？可是，她又隱約覺得好像掌握到什麼，就像鑫垚的祕密真的藏在魔神仔的迷霧裡，只要把手伸進這個毫無可見度的「隱密」之中，就能找到真相——或是反被魔神仔抓進去，消失在山林間。

「鍾小姐，你講的這些非常精彩有趣，但我還是不明白，這跟鑫垚——因為你提過鑫垚深藏在內心的祕密——這些妖怪故事跟那個祕密有什麼關係？」

佑娥低著頭思考，彷彿她也不確定自己在說什麼，就像她跟雪芬一樣感到莫名其妙，正要從自己的話中抓出頭緒。她說：「雪芬姐，你覺得……為何奶奶會覺得她的母親，玉城夏子是被シッキー帶走的？」

這算什麼問題？雪芬直覺地這麼想。將失蹤解讀成什麼妖怪作祟，應該是每個人的自由吧？要尋找科學解釋當然也可以。但她又隱約感到這個問題不是毫無意義。為何不是魔神仔？或者可以問，既然撒奇萊雅族的 Lalimenah 或阿美族的 Saraw 也能做到這種事，為何不說是這些鬼怪做的？陳黃慶子不選擇這些，選擇了シッキー，一定有明確的理由。突然，雪芬想到陳黃慶子手上的刺青。

「……因為陳黃慶子女士有沖繩血統，是嗎？」

佑娥輕輕點頭，隨即微微搖頭否定：「抱歉，我不是說不對。只是，我還是覺得無法代替不在場的人發言，這都是我的推測。雪芬姐剛剛的說法，我猜很接近了，但不是因為血統；奶奶確實有一半的琉球血統，但鑫垚就只有四分之一，母親甚至有阿美族血統，但他依然認為奶奶是被シッキー帶走。人們對自己身世的想像，跟血統不見得有關。」

人類學家低聲訴說，像在呢喃。

「鑫垚出生時……他爺爺已過世，所以他沒見過爺爺，也不知道爺爺奶奶平時是怎麼相處，但奶奶常跟他提起某件事——每次只要提到他外太婆失蹤的原因，爺爺跟奶奶總會大吵。爺爺會痛斥奶奶，說一定是魔神仔做的，這裡是臺灣，不是琉球，シッキー怎麼可能在這裡作祟？甚至說不要把那種外國迷信帶到臺灣。奶奶總會說，雖然在臺灣，但她母親是琉球人，當然是被シッキー帶走的，シッキー都能讓人迷路到幾百公里外，難道不會渡海嗎？鑫垚說，每次奶奶跟他講這件事，流露出來的都不是懷念，而是無法諒解，彷彿爺爺從她那裡奪走了重要的東西。」

雪芬有些驚訝，其實她的第一個想法有些不屑：這是值得爭論的事嗎？有人消失了，最重要的不是喪失的痛苦？爭論是誰、或是什麼造成的，有何意義？但她也知道，旁人覺得無關緊要的事，當事人可能覺得事關重大，所以這也沒有她置喙的餘地。她必須試著理解。

「你的意思是……鑫垚是被奶奶養大的，所以他相信奶奶，堅持這類失蹤事件是シッキー所為？」

雪芬自己講完都覺得有些荒謬。難道鑫垚會把所有同類型的怪事都當成是シッキー做的？這樣的話，魔神仔與シッキー就只是擁有異名的同一存在，根本沒必要爭論。譬如說，學名是Serpentes的東西，中文稱為「蛇」，英文稱為「Snake」，有人被蛇咬了，人們卻在旁爭論是「蛇」還是「Snake」咬的，那不是荒唐透頂？

但如果鑫垚特別區分出某些失蹤是シッキー做的，有些是魔神仔做的，情況就不同了。佑娥說過，那份關於陳黃慶子失蹤剪報的內容並不正確，因為鑫垚不是從科學的角度否定魔神仔，而是同意這個現象的異常，卻否定是魔神仔，也就是說，鑫垚主張是シッキー帶走了陳黃慶子，這個堅持到底有何意義？如果鑫垚不是對著所有怪異失蹤事件都嚷嚷「這是シッキー做的」，那陳黃慶子失蹤事件的特殊之處是什麼？

某個念頭就像鐘乳石洞裡一滴冰涼的水落下，在雪芬腦中盪出一些畫面。什麼特殊之處？她想到刺青，想到陳黃慶子與丈夫的爭執。陳黃慶子覺得有什麼被剝奪了，那是什麼？

她突然想到，鑫垚堅持シッキー作祟的理由，難道跟陳黃慶子一樣？因為玉城夏子是沖繩人，所以一定是被シッキー帶走；鑫垚堅持陳黃慶子也是被シッキー帶走，是否表示陳黃慶子也認為自己是沖繩人？

雪芬覺得好像有什麼風正在吹開迷霧。

「其實鑫垚並不是堅持這類事件都是シッキー做的，但外太婆跟奶奶身上發生的事，他確實是這麼想。而且這確實跟奶奶的教育有關。一開始我也覺得，是魔神仔或シッキー做的，很重要嗎？不過奶奶非常堅持，甚至遠遠超出我原先的想像。雪芬姐，你知道鑫垚的名字跟爺爺一樣，兩個人都叫陳鑫垚嗎？」

「嗯，我聽過。這附近的街坊鄰居說，應該是陳黃慶子女士太思念丈夫，才把孫子取名成鑫垚。」

佑娥揚起眉，像聽到什麼笑話：「什麼？完全不對！這種想像太理想浪漫了。不過，或許把事情當成這樣，大家比較能接受吧。其實奶奶非常討厭這個名字。」

雪芬有些意外：「為什麼？」

「鑫垚的名字是父親取的。鑫垚母親懷上他時，他爺爺出海，卻沒有回來，最後被當成死亡。為了紀念爺爺，父親就給他取同樣的名字。不過奶奶非常激動地抗議，甚至說『你是要他繼承什麼？把你爸的所有東西都繼承下來嗎？』，當然，最後她沒能改變自己兒子的想法。雪芬姐，你知道我為何這麼清楚這些細節嗎？是鑫垚說的，他自從被奶奶收養，奶奶便反覆提起這件事，而且每次講完都會叮嚀他說，『你外太婆不是被魔神仔牽走，是被シッキー帶走，知道嗎？』，然後再將シッキー的傳說細細說一遍。」

雪芬有些毛骨悚然。理智上，她知道僅憑想像有點失禮，但佑娥口中的陳黃慶子，在雪芬的感受中已近偏執！她想像中的老婦將孫子抱在懷裡，鉅細靡遺地講著民間故事，卻不是用憐愛的口吻，而是帶著報復般的情緒。怎麼會這樣？剛剛這段往事最不可思議的地方，就是為何話題會從「命名」跳到「玉城夏子真的是被シッキー帶走」，其中一定有某種連結。

「……陳黃慶子女士這麼做，是因為覺得兒子背叛她嗎？」雪芬決定直接切入核心。

「怎麼說？」

「我的意思是……她兒子，也就是鑫垚的父親，一定知道她跟自己丈夫的衝突。但漢人社會是父系社會，或許她兒子從小就比較接受父親的說法，所以鑫垚繼承了祖父的名字，她把這當成對父系主張的繼承，這也意味著她的主張被否定、拋棄，所以無法接受。這是我的猜測，你覺得呢？」

「雪芬姐，你好厲害。」佑娥笑得有些疲倦，「我也這麼猜想，但我是思考了很久才想通的。」

「因為你轉述時已經有結論了吧？所以我能馬上察覺到。如果我在你的立場，恐怕也要花很多時間摸索——」

雪芬忍不住停下來。

剛剛這段討論，彷彿解開了什麼謎團，其實沒有。什麼都沒解開。但與此同時，迷霧本身卻彷彿快被吹散了；不如說，那陣風不只是吹，根本是在咆哮！她想起鑫垚抱在手上二十年的《琉球之風》，想起他那獨特的疏離與寂寞，某個猜測已在呼喚她，只是那個猜測太荒唐，她才沒說出口。但這些看似無關的東西早已被隱密地連結在一起。就像魔神仔、シッキー、Saraw……它們在迷霧中千絲萬縷，看似不同，卻有某種內在連繫。

不得不提出那個推測了，雪芬想，但話到嘴邊，她又有些猶豫；因為如果她的猜測正確，那太悲哀了！如果只為一件事悲哀，還能被時間沖淡，但要是整個人生都被悲哀所填滿呢？光是想像，雪芬就有些窒息。不過，要是不握住那個答案，她也無法繼續下去，她不得不試著探索鑫垚的內心。剛剛佑娥提到陳黃慶子是如何抗拒丈夫的名字、如何堅持玉城夏子是被沖繩民間的怪物帶走，這其實都直指同一個問題——在陳黃慶子的下半生，她究竟是怎麼撫養鑫垚長大的？

「鍾小姐，」雪芬直視對方，「鑫垚認為自己是沖繩人，對嗎？」

佑娥眨了眨眼，接著閉上，露出苦澀的表情。她就像放心了一樣，抿著嘴，眼角微微皺起，像笑出來般地嘆了口氣。

「雪芬姐，我想補充一件事，『沖繩人』這種說法或許不是最妥當的。因為沖繩是現代日本的觀點，琉球則帶著某種對抗性，甚至有些親中；所以用他們自稱用的『ウチナーンチュ』來稱呼或許比較好。不過您說的沒錯，對，鑫垚確實是被這樣教育，他認為自己是ウチナーンチュ。」

居然真是這樣。雪芬有些暈眩，哀戚也隨之而來。生長在臺灣，在中華民國，鑫垚卻相信自己是沖繩人！不，還是稱為「ウチナーンチュ」吧。這是無

法告訴任何人的祕密，那有多孤獨啊！當年，鑫垚曾打算告訴自己嗎？要是自己知道這件事，當時有接受的能力嗎？大概沒有吧，鑫垚也察覺了，最後才沒說出口。念及於此，她猛然理解為何鑫垚最後會跟眼前的人類學博士生相戀。這個人……正因佑娥理解史前史與人類文化，所以才擁有理解鑫垚的能力；對鑫垚來說，她就像是絕對孤獨的世界裡，好不容易找到的一盞光。他之所以沒有把這盞光介紹給同事，或許就是因為太過重視吧？不期待被理解，也不期待他們的關係被理解，理解的只要有彼此就夠了。鑫垚當然也不想提及他們如何認識，要是有人嘲笑了他對自己身世的信仰，就等於順帶褻瀆了他們的愛情。

但雪芬還是有無法接受的地方，這種事真的可能嗎？她猶豫著，總算找到表達的語言：「我……其實很難想像。鑫垚是在臺灣長大的吧？他沒在沖繩生活過，光是旅行，應該也無法認同那塊土地。這種事真的可能嗎？真的有從未在那塊土地上生活，卻相信自己屬於那裡的人嗎？」

佑娥有些詫異地看著雪芬。

「雪芬姐，我想問一件事，你的國、高中課本是國編本嗎？」

她突然問了毫無關聯的問題，雪芬勉強回憶起過去，點點頭：「高中想不太起來，但國中應該是。記得那時學生間有討論換課本的事。怎麼了？」

「那雪芬姐應該很清楚啊，當時的教育就是中國地大物博，我們都是中國人。可在臺灣的我們，有誰真的是因為在中國長大才這麼想的？本來國族認同就未必跟出生地有關。」

雪芬彷彿被雷劈中，或置身於某種風暴中；她從未這麼思考過！教育像她的皮膚，與她的血肉緊緊連在一起，即使長大後有了獨立思考的能力，過去也沒有被檢討，而是像博物館的收藏品，放在玻璃櫃隔絕。意識到時，已有好幾段回憶瞬間浮現，就像在萬花筒般的多重鏡像裡看到自己；她還記得國文老師在課堂上感慨地說「我們都是失根的蘭花」，在當時的教育裡，他們不是生長在「故國」裡，故國在很遙遠的地方，他們看都沒看過，喜馬拉雅山，長江，黃河，所有的美好都在那，不在這。

當時他們已知「對岸同胞生活在水深火熱中」是場笑話，但對故國的嚮往依舊存在，像帶著喜劇色彩的夢。雪芬想起自己有個在眷村長大的朋友，深信「我們都是中國人」，成年後，由於聽說三峽大壩將要建成，無數的文物將被淹沒，就趕在那之前去了趟中國，卻驚覺中國與他想像、或是被教育的完全不同；虛幻的中國永遠失落了。要活下去不能仰賴夢裡的中國，因此那位朋友捨棄了中國，回到臺灣。

但鑫垚不同。他們這些人，受了同樣的教育，有著相同的想像，鑫垚的想像卻被排除在外；他要怎麼跟別人說自己是ウチナーンチュ？首先光這個詞就難以解釋，就算說是沖繩或琉球，也可能因為沖繩是日本的一部分，進一步誤會鑫垚把自己當成日本人。鑫垚面對的不僅是不理解，還有貶低與鄙視。正如佑娥所說，他想必在成長的過程中絕望了。

「……太痛苦了。」雪芬忍不住感慨，「幸好鑫垚有遇上你。」

佑娥眨著眼，表情明顯動搖了。她看向窗外，忍住淚水，聲音帶著摩擦出來的溫暖：「謝謝。」

她接著補充：「不只是因為雪芬姐這樣說，我當然……很高興遇見鑫垚，謝謝你說我們相遇是有價值的。不過我最感謝的是你理解他的痛苦。坦白說，我曾經一度無法原諒他奶奶。」

「我可以理解。我的話可能也會這樣想，這根本是不必要的折磨。」雪芬嚴肅地回應。

「不過奶奶也有她的苦處吧？所以算了，這件事怪誰根本沒有意義。我也想過鑫垚可能有另一種人生，但那種可能性沒有意義，因為需要拯救的，是眼前的他，不能這樣把他丟著不管。」

「拯救」，雪芬聽到了一個令她五味雜陳的詞彙。

坦白說，她覺得「拯救」這個念頭是有風險的，很容易令人傲慢。但是，有些人就是處於弱勢，無法光靠自己的力量離開困境。鑫垚呢？他的處境是無法靠自己離開的嗎？

雪芬思考著，覺得自己實在無法回答這個問題。

接著她們像暫時忘了鑫垚的事，忽然聊起別的話題。雪芬也提到上一個工作，在來南方澳前，她在追另一個事件，跟新興宗教有關。但她們心不在焉的，像在為下一個話題作準備。喝完咖啡後，佑娥說：「雪芬姐，你可以陪我去一個地方嗎？」

「當然好，你要去哪裡？」雪芬拿出錢包，準備結帳。佑娥看來像是下了什麼決心。

「情人灣最後面有塊大石，我想再看一眼，就這樣而已。」

這回答有點令人擔心，她的神情像是打算跟什麼告別，這讓雪芬有些不安；不過，至少雪芬可以陪在她身邊，不讓她做出傻事。雪芬溫柔地說：「當然沒問題，我先結個帳。」

兩人到櫃檯買單。咖啡店外的景色，確實能一覽整個情人灣，雪芬隱約已能看到佑娥說的那塊大石。它應該比一個人高，有被海風切割的痕跡。這天的天氣依然看不見湛藍的海，海面像是光禿禿的岩壁，能看見零星的幾艘船。

佑娥在前方，兩人走在人行道，海風將細小的沙子吹進鞋子裡，走起來有點不舒服。佑娥像想起什麼，拿出手機滑了幾下，遞給雪芬：「其實，我是想去看這個。」

那是剛剛看到的大石的照片，只是拍攝距離很近，能清晰地看到上面的紋路；雪芬啞然而笑，原來石頭上竟刻上了「鍾佑娥」跟「陳鑫垚」的名字，旁邊還寫了日期：二〇一四年四月十二日。這顯然是兩人「愛的證明」。

「現在還用這種方式記錄，真是難得。」雪芬笑著把手機還給她。其實她對刻字在自然景觀上有些介意，本來想開玩笑說「欸，這樣塗鴉沒問題嗎？而且你們還用刻的耶，你不是人類學家嗎？」，但想想她們的關係還沒這麼好，恐怕有些逾越，就忍住了。

但佑娥看穿她的想法，她面向海風笑著，「雪芬姐是不是覺得我們不該在岩石上刻字？放心，這會變成歷史紀錄的。你知道基隆的『仙洞』跟『佛手洞』嗎？因為岩壁的材質濕軟，容易留下痕跡，所以大量人潮留下『到此一遊』之類的痕跡，這些痕跡可以追溯到二戰前，全都是珍貴的歷史紀錄。」

原來如此，看來佑娥擁有不同的價值觀。從現代社會的道德觀點，可能會認為缺乏公德心，但從遙遠未來看，卻能成為紀錄；當然，這也可能無關價值觀，只是佑娥聰明的遁詞。

佑娥繼續走，回憶從她口中冒出來。

「去年我陪鑫垚來看奶奶房子的保存狀況，當然很不好，所以便一起商量，到情人灣走走，這些字就是當時刻的。坦白說，那時我很擔心鑫垚，因為他顯然還沒走出奶奶失蹤的影響。」

「畢竟他是被奶奶養大的，還遇上了無法解開的謎團。」

「不只如此。我總覺得鑫垚的時間好像停下來了。或是說，我感覺不到他想前進。」佑娥離開人行道，走下沙灘，這裡的白沙顆粒很大，走起來有點辛苦，因此佑娥搖搖晃晃的。雪芬也跟了下去。其實她今天的鞋子很不適合走沙灘。

「為什麼這麼說？」雪芬追問。

「是生活中的種種小細節。就像男朋友換了沐浴乳，你會感覺到吧？要說的話，也有顯著的跡象。雪芬姐，你記得剛剛說的嗎？奶奶消失那天，我們本來是去跟她商量文定的。雖然我說鑫垚是我的未婚夫，但嚴格說起來不算，因為我們還沒有文定。奶奶已經失蹤兩年了喔？從提親算起，已經三年了，但他就像忘了，再也沒提過文定。」

「鑫垚這樣可不太好。」雪芬要追上佑娥，卻始終差了幾步，「雖然這麼說可能有些多事，但你跟他談過嗎？」

「問過一次。當時我問，文定的事，你還有打算嗎？其實我很怕聽他的回答。鑫垚好像預料到我會有此一問，很快就回答我，說奶奶應該要出席文定，所以在奶奶回來前，他不打算辦文定。」

「這算什麼？」雪芬有些傻眼，「要是陳黃慶子女士沒有回來呢？」

「對吧？聽起來很像託詞耶！但要是堅持，不就像在說『你奶奶怎麼樣根本不重要』嗎？所以我也沒再提了。唉，這只是眾多事情裡的一件小事啦，真要抱怨那可是說也說不完，所以我真的是難免要埋怨奶奶了。」

佑娥說的那塊大石彷彿已近在眼前，但剛覺得快到了，繼續走下去，又發現其實比想像的遠；她們又走了片刻，佑娥突然開口。

「說起來，南方澳真的有好多東西消失了。」

「什麼？」雪芬以為在談失蹤的話題，佑娥轉身停下：「雪芬姐，你看後面那個岬角——其實現在還看不到，在最遠的那個岬角後面還有一個岬角，叫猴猴角，你知道為何叫猴猴角嗎？」

雪芬回過頭，情人灣的盡頭確實有個岬角，像綠色的烏龜，海浪凶猛地砸在它身上，「猴猴角」就在它後面。她轉向佑娥，開玩笑說：「應該不是因為猴子很多吧？」

「確實不是。」佑娥笑了，繼續往前走，「其實這裡過去住著一群原住民，叫猴猴族，馬偕博士曾經在猴猴族的村落裡作客喔！這些人直到日本統治時代都還在，但或許是日本人開發蘇澳港，便在不知不覺間消失了。」

啊，原來是這個話題。雪芬確實沒聽過猴猴族。

「還有，裡南方過去圍繞著一個巨大的水池，叫作猴猴池，就是鑫垚的外太婆失蹤的地方。現在猴猴池也消失了，嚴格說來不是消失，但完全變了。大概是五〇年代中期，猴猴池被開闢成內埤漁港，本來封閉的水池，就跟海連到了一塊。」

「等一下，內埤漁港是剛剛那裡？就是陳黃慶子女士家前面的港口？那本來是水池？」雪芬相當意外，那個漂泊著無數船隻的港，還有海鳥停在船隻上，根本無法想像過去是水池。

「嗯，非常大的水池，就跟現在的內埤海港差不多大。」為了向她說明，佑娥轉過身倒著走路，「但猴猴池是死水，每次下雨，泥沙就會流進池子裡，逐漸淤積，最後變得跟沼澤差不多，加上前面港口的船隻要容納不下了，才將猴猴池開發成內陸港口。但這依然算消失，不是嗎？因為少了承載記憶的地景，記憶本身也會很快消失，幾十年後，誰還記得『猴猴池』這個名稱啊？」

「記憶的消失，這點不只是南方澳，到處都一樣。」雪芬說，「有些人以為歷史只要記錄在文獻上就好，所以那些有形體的老舊東西都可以隨意消滅，反正拍成照片就算是保存，卻不知道歷史也有體感。歷史就是時間，是能夠被身體記住的，沒有身體感的歷史，跟外國史有何不同？」

「雪芬姐說的是古蹟吧？我看過你寫的古蹟報導。」

「是古蹟自燃那篇吧？我確實投入了不少精力。其實還有內幕，但在風頭浪尖上，寫出來太過冒險。總有一天，我會把那些東西也寫出來。」

「我很期待。」佑娥走了幾步，像在想要說什麼話題，接著忽然想起什麼，便多愁善感了些。她說：「我這個人真是的，老是東拉西扯，一直沒講到最重要的事。其實我提到消失，就是跟那塊石頭有關。去年說要在石頭上刻字，是鑫垚的主意，那時我很意外——雪芬姐應該瞭解吧？這很不像他。」

「這我可沒把握，畢竟差不多十年沒見了……不過要是大學的他提出來，我應該也很意外，他看來就是規規矩矩，不會破壞秩序的人。」

「他現在也差不多，至少在他消失前是這樣。我也感到意外，但就是出乎意料，才覺得有趣，所以我馬上答應了。你看，這附近有些地方不是有比較大的碎石嗎？我就找了幾顆石頭來刻字，先拿尖尖的石頭抵住，然後用另一個石頭當榔頭，這樣就會留下痕跡。以前原始人也是這樣用石器的喔！」

佑娥笑著做出拿石頭敲打的動作。這比喻真像人類學家，雪芬想。她的笑是過去歡愉延伸而來的，接著苦澀也隨之而來。她說：「鑫垚刻完字，他說出的話卻令我毛骨悚然。他說『這麼一來，就算我消失了，也會在世界上留下一絲痕跡』。」

雪芬有些雞皮疙瘩。這是什麼意思？

「你能想像我當時的心情嗎？其實我很生氣。他在說什麼？才不會這樣消失！我立刻罵他，真的是用很生氣的態度喔，但其實我很害怕，因為自從奶奶失蹤後，我就一直有這種感覺——他好像真的會消失到哪裡去。」

佑娥抓住自己雙肘，像怕冷般，即使現在絲毫不冷。用別的情緒掩飾恐懼，是人類的本能，雪芬可以想像她當時為何生氣。但雪芬更在意的是，鑫垚這番話，難不成是某種預言？他在一年多前就已經預知自己會消失了嗎？雪芬問：「鑫垚怎麼說？他有道歉嗎？」

其實雪芬也在掩飾，她真正想知道的不是鑫垚有沒有道歉，而是他有沒有進一步預言失蹤的事。但就算鑫垚真的預言了又如何？難道這就表示鑫垚是蓄意失蹤嗎？他到底有什麼理由非消失不可？

雪芬有些迷惘，她也不確定自己到底在刺探什麼。

「他道歉了。」佑娥的回答讓雪芬有些安心，「可是我沒放過他。或許是真的太害怕……因為，你想嘛，太可惡了，他難道不明白我一直害怕的心情嗎？我不想一直怕下去，就問他『你希望消失嗎？』」

「他怎麼回答？」

佑娥走路的速度慢了許多，她低頭看著白沙，緩緩轉述當時的情景；當她問「你希望消失嗎？」的時候，鑫垚看著她的表情有些困惑。他挑起眉，張開口，卻又閉上嘴，顯然抑制了自己最先想到的回答。佑娥有些不甘心，又追問了一次。

「沒有，」鑫垚說，「但我奶奶跟外太婆都消失了。」

言下之意，彷彿是「因為她們消失了，所以我消失也是沒辦法的事」。佑娥越來越憤怒，這憤怒已開始超越恐懼。自己的命運，為何不自己好好掌握？她高聲質問：「鑫垚，你聽著，你是你，她們是她們，重點是你怎麼想，不要拿她們當藉口。所以你是怎麼想的？」

才剛問出口，佑娥就後悔了。明明她也明白鑫垚心裡有非常脆弱的地方，為何要逼他？鑫垚低下頭，露出一個脆弱到令佑娥難以忘懷的苦笑。

「我在想，要是我真的跟她們一樣消失了，那我到底是被魔神仔牽走，還是被シッキー帶走的？」

「鑫垚這樣說真的不行啊！」雪芬大聲抗議，「太傻眼了！一般不是該說『放心，我哪裡都不會去』，或『我不會消失的』之類的話嗎？我之前就覺得鑫垚不會討女孩子歡心，現在看來，他根本是討打。」

其實她不是真的在抗議鑫垚的反應，只是怕佑娥越說越難過，希望氣氛不要這麼僵。佑娥帶著淚笑出來：「對吧？我當下就巴他頭。你看，多荒謬啊？我們才剛在石頭上刻下愛的痕跡耶，馬上就吵架了。那時我直接轉身離開，真的是不想理他了，但沒走多久，我又心軟了。我很害怕一回頭，鑫垚真的消失了，所以我衝回去抱住他。回程時，我們都當作沒這件事，一路上都沒提……到了，雪芬姐。你看，我們當初刻字的地方就在背面。」

那確實是個巨大的石頭，本來雪芬覺得比一個人高，其實嚴重低估了，這應該有兩、三個人高了吧？奇特的是，它看來跟旁邊的山壁是相同石材，卻有不小的距離，為何這塊石頭會在這裡？簡直像從天而降。雪芬撫摸巨石，有海水的潮氣。

「咦？」佑娥驚呼，像小動物般跑到石頭的另一端。

「怎麼了？」

「我們的簽名不見了！」佑娥緊張地說。雪芬大吃一驚，她知道那個簽名意義非凡，鑫垚曾說，就算他消失，至少也在世界上留下了什麼，但現在簽名不見了。雪芬連忙幫忙找。

「我幾乎確定就在這個位置，但現在什麼也沒有……」

兩人拿著照片比對。單從石頭的紋理看，確實就是那個位置沒錯，但照片中存在的簽名卻消失了；佑娥怔怔地摸著石頭，忽然頭也不回地走向大海。因為她行動太突然，甚至沒跟雪芬視線交流，雪芬一時有些慌張。

「鍾小姐，等等！」

她本想拉住佑娥。但佑娥雖沒回答，卻也沒走進海裡，她只是整理裙子，如機器人般僵直地坐下，兩隻手臂放在膝蓋上，沉默地看海。她沒有做傻事。雪芬雖然擔心，但從她微微顫抖的肩膀，雪芬知道她在哭。一個人流眼淚的時光是神聖的，所以雪芬站在一段距離外等候。

想不到會這樣，雪芬想。如果鑫垚真的將自己存在的痕跡寄望在石頭上，那他的願望落空了；幸好當初有拍照片，才證明有這回事。仔細想想，這不是很可怕嗎？要是沒照片，他們真的能保證這件事曾經發生過嗎？要怎麼證明記憶沒有失誤？時間久了，佑娥會不會開始懷疑那段記憶是與現實混淆的夢境？

她緩緩走回石頭邊，摸著曾有著文字的地方。文字會不會是被海風磨掉了？但才經過一年，看照片上的痕跡，他們刻得也算深，有這麼容易風化嗎？

但如果不是海風，文字是如何消失的？

「雪芬姐！」佑娥依舊面向海，背對著她，「我還有件事想跟你說。這或許是我最後能告訴你的事了。」

雪芬逆著海風過去，在她旁邊坐下：「不要說什麼最後，我們今天才認識，而且我們一起，或許有機會找出鑫垚失蹤的真相啊。」

佑娥勉強笑了一下，笑容非常無力，顯然毫無自信。她搖搖頭，用和緩的語氣說：「這大概真的是最後了，至少是我在遇上雪芬姐之後，覺得非告訴你不可的最後一件事，之後我也沒什麼能說的了。其實從去年開始，我寫論文的空檔，都在調查鑫垚外太婆玉城夏子的事。鑫垚不是說他的奶奶跟外太婆都消失了，所以他也可能消失嗎？我想，要是能查出消失的原因，說不定能讓鑫垚清醒些。奶奶的事，我無法解釋，就決定追查外太婆。」

「你有找到什麼線索，證明那不是魔神仔或シッキー做的嗎？」

「以結論來說，沒有，或是沒辦法，因為我能力有限。」佑娥搖搖頭，「但我發現那時他外太婆或許是有理由失蹤的……事先說明，這純屬推測，也可能只是無關的巧合。」

「我明白，畢竟這麼久以前的事了，很難調查。」

「嗯，關係人幾乎都過世了，我也只能猜測。或許我自以為命中，其實全部揮棒落空呢！我想先跟雪芬姐說一個前提，鑫垚曾聽他奶奶說，在他外太婆失蹤那天，奶奶被母親帶到鑫垚爺爺家，因為他爺爺晚上出門遇到『歹物仔』，受了驚嚇，所以他們去探望。而爺爺之所以晚上出門，卻是因為當時裡南方流傳著『晚上看到可疑人物』的傳聞，他去調查有沒有這回事。」

「所以，你覺得那位玉城夏子女士是被可疑人物抓走的？」雪芬和藹地問，雖然她直覺並不認同；在她看來，玉城夏子事件的核心，在於夏子如何在短時間內從猴猴池的視線內消失。如果真有人抓走夏子，移動只會更麻煩、緩慢。說到底，犯人真的有從猴猴池邊把人帶走的必要嗎？

「我是這麼想的。當然，我無法解釋犯人怎麼帶走她。但我會這樣懷疑，是因為我發現他外太婆的身分不單純。」

「什麼？什麼身分？」

「玉城夏子是『臺灣省琉球人民協會』的成員……只要南方澳沒有第二個玉城夏子，應該就是本人。此外，我也發現玉城夏子的哥哥玉城常太郎在戰前就是『琉球革命同志會』的成員。」

雪芬怔怔地看著佑娥，那是什麼？聽來很政治，但她竟沒聽過什麼「臺灣省琉球人民協會」！佑娥簡潔地向她解釋。

時間回到二戰末，當時美軍占領琉球，並以軍政府控制，但美國沒有打算永久占領，所以戰爭結束後琉球如何歸屬，是個懸而未解的問題；本來，中華民國的立場是琉球應該跟臺灣一起回歸中華民國，但開羅會議後，中華民國政府的態度便轉為曖昧，或許是因為美國當時比較傾向琉球獨立吧？

但不管大國間的盤算，ウチナーンチュ有自己的想法。其中一部分人主張琉球獨立，如果不能獨立，也不能還給日本，寧願歸還中華民國；這些人裡頭，「琉球革命同志會」的創立者喜友名嗣正，是早在二戰前就一直煽動琉球獨立的人物，他在戰後主動向國民政府輸誠，希望中華民國能接收琉球，並獲正面回應，因此來臺成立「臺灣省琉球人民協會」，後來甚至當選臺灣省參議員。

居然是這麼久遠的事，雪芬想。但也難怪，畢竟這真的是陳年舊事，而她對戰後的歷史也不怎麼熟悉；然而——還真是意想不到的發展，難道這件鬼怪作祟事件的背後，竟有政治原因？

「其實戰後的ウチナーンチュ，希望獨立或投奔中華民國的人還不少，尤其是靠近臺灣的與那國島。當我查到玉城夏子認識喜友名嗣正，還主張琉球獨立時，說真的嚇了一跳。雖然沒有明確證據，但我猜測，喜友名嗣正在戰前就時常往返臺灣、琉球，可能玉城兄妹那時就已是他的接頭人，等戰爭結束，琉球雖然被美國軍政府管理，但與那國島與臺灣走私非常頻繁，或許有些政治活動也透過走私的管道進行，這夠讓玉城兄妹成為某些政治盤算中的目標了。當然，這只是我的妄想，而且在這之後，我也建立不出什麼合理的假設。」

「為什麼？如果玉城夏子女士牽扯上政治事件，遇上什麼事也不奇怪啊！譬如說，難道不可能是國民黨特務做的？」

「不太可能，因為臺琉人民協會本身就是親國民黨的，他們沒必要加害外太婆。同樣也不太可能是美軍，喜友名嗣正反對回歸日本，但他一直希望美國協助琉球獨立，所以基本上對美國是友善的。我唯一想到的可能，是日本將戰前就策動琉球獨立的喜友名嗣正視為眼中釘，決定要打擊他，但外太婆是一九五一年春天失蹤，那時舊金山和約都還沒簽訂，日本還在盟軍控制下，很難想像有餘力搞這種花招。」

確實如此，雪芬想。但或許是不像佑娥調查這麼久，已反覆檢查過各種可能，雪芬倒覺得這個政治性的想像是很大的突破口！說到底，如果真的被捲入政治鬥爭，一般的陣營想像也未必成立，因為底下有太多看不見的人物與盤算了。但這都需要證據，不然只是陰謀論，只是要找證據極為困難，這都是六十幾年前的事了！

「總之，這是我能給雪芬姐最後的幫助。」佑娥站起身，沙子紛紛從她裙子落下，她拍了拍，「我找不到答案，也想放棄了……直到今天，我總算能放棄了。我決定要離開南方澳，回臺北去。」

雪芬呆住，她還以為合作正要開始，忍不住問：「你這樣就回去了？或許鑫垚再等幾天會出現也說不定，或是，他有可能再回那個房子，或許我們可以留下什麼訊息給他——」

「不用，不用了。謝謝你，雪芬姐。」佑娥笑著說，「但我真的放棄了。不只是調查玉城夏子的遭遇，我也不打算等鑫垚了。我已經等夠久了。」

雪芬想不到會聽見這樣的告白，她連忙從沙灘上站起來，手足無措。她該說什麼？對佑娥的決定，應該給予祝福或肯定嗎？相較之下，佑娥反而鎮定多了，她對自己說的話彷彿有些羞愧，卻已下定決心。

「其實，我早就在考慮這件事。要是鑫垚不前進的話，我該等他嗎？我一直一直在猶豫。」佑娥閉上眼，嘆了口氣，「這麼說可能有些自大，但我總覺得要是我不能拯救鑫垚，就沒人能拯救他了，所以我無法放著他不管。但我真的累了……一個人不願意前進，我也沒辦法拖著他前進啊！」

雪芬猛然醒悟，其實這才是佑娥一直想傳達的事；在這場長跑中，她的愛已快被消磨殆盡了，不是因為不愛，而是真的累了，在兩個人之間還沒萌生憎恨前就停下腳步，或許是聰明的決定。但不瞭解的人可能會怪她怎麼不繼續等，這就是她希望得到的理解。然而，她本來就不需要任何人的原諒啊！雪芬真想立刻肯定地告訴她：「你當然有放下他自己前進的權利。」

但她有點猶豫。直覺告訴她不能輕舉妄動；她尊重佑娥的決定，但對這個決定表示肯定，卻是另一回事。表達肯定也算是一種干涉，是要負起相應責任的。

佑娥笑得有些悽慘：「在走到這裡前，我也在想，都遇上雪芬姐了，情況會不會不同？也許我有機會找到鑫垚。不過……看到我們留下的文字消失，我……放棄了。這算一種徵兆吧？不管多努力，會消失的東西就是會消失，管他是魔神仔還是シッキー，沒差。重點是，真的有無法解釋的消失啊！我怎麼可能對抗？那是某種更龐大……超越人類的力量，所以，已經不可能找回鑫垚，我不等了。」

佑娥臉上的表情，就像殘破的蝴蝶翅膀，在海風中脆弱地顫動。雪芬心中閃過一絲警訊，她問：「鍾小姐，我瞭解等待的辛苦，但你會這麼想，是因為這些文字消失了？」

「我知道有點荒謬，不過……」

「不，我能理解，但能請你再考慮一下嗎？因為這些文字消失，也可能有合理的解釋。」

佑娥的神情混雜了疑惑與迷惘，她似乎不知道該怎麼回答。雪芬說：「可能性很多，譬如說，有不喜歡刻字塗鴉的道德魔人，用打磨機把石頭上的字磨掉，甚至為了不留下明顯痕跡，他還將文字周邊大面積破壞，再整面打磨，所以我們才看不出端倪。」

「會有這種人嗎？」佑娥雖然這麼回答，但她的困惑顯然來自更深的地方，是否真的有這種人根本不重要。

「像我剛剛說的，有可能。也可能不是人為，但有其他原因是可以合理解釋。」

「就算文字消失有合理的原因，那其他人的消失呢？鑫垚在密閉的飛機上失蹤，奶奶在二樓消失，外太婆也在猴猴池邊不見，要是真的有不可思議的力量存在，那我努力又有什麼用？」

「那要是有合理的解釋呢？」

佑娥皺著眉，搖搖頭，看來竟有些委屈；雪芬溫柔地說：「鍾小姐，我不是想要勉強你，完全不想。但要是消失的文字不小心成了你的藉口，我擔心的是，你可能會後悔。將這些推給無法解釋的力量很簡單，但要是在某個地方，鑫垚正需要我們的幫助呢？」

「如果他是被魔神仔或其他妖怪帶走，我們就算想幫也幫不上！」

「所以我打算說明這些事有可能不是妖怪所為。」雪芬頓了頓，溫柔地說，

「我不是要你等鑫垚……不是的。說真的，就算鑫垚回來，他難道就能跟上你的步調嗎？你考慮自己的幸福就好。要是你聽了我的說法，依然沒改變主意，那很好，表示你已經下定決心，將來也一定不會後悔；我只是擔心，明明我在場，卻只是順著你的想法，讓你做出將來可能會後悔的判斷。」

「你說這些事不是妖魔鬼怪做的？」佑娥質疑她。這讓雪芬有些猶豫，她其實沒什麼把握，但最後她注視佑娥雙眼，肯定地回答。

「是的。」

佑娥用力將兩眼閉上，臉部的其他肌肉也受牽動，朝著眉間糾結過去。這是一張痛苦的面相，她深深吸了口氣。

「你這樣好殘忍，我好不容易才放棄希望——」

太令人心痛了。難道不該這麼做嗎？雪芬有些後悔。說到底，她真的能否定妖魔鬼怪作祟的可能嗎？說不定鬼怪作祟更說得過去！就在她想著該怎麼道

歉的時候，佑娥已朝她低下頭，鞠了個躬。

「所以請你負起責任吧！雪芬姐。請你……帶給我希望！」

佑娥重新抬起頭，淚光閃閃，珍珠般的淚垂直滴落，宛如墜進海裡的流星，在黑暗中燃燒著光。

九

唉，我總算明白了。難怪回憶像潮水般一直來，像在淘洗我的靈魂，我在回憶裡不斷跌落，一下到這，一下到那，所有畫面都清晰到彷彿能把沙子拿起來細細觀看。因為這是我記憶的濃縮──我的一生全在這了，在這短短的一瞬間。

我已經來到生命的盡頭。看到的這些，是我人生的走馬燈。

事情是怎麼變這樣的？我有些迷糊了，只記得被什麼打到頭，一開始還覺得是小事，不知不覺中，我已倒下了。在最後的最後，陪伴我的是這艘船、大海、風、海鳥！我側躺在甲板上，眼睛怎樣都睜不開，太陽的曝曬像燃燒的巨手，撫摸我朝向天空的那一側，看來我會被曬得很黑，變成黑白郎君。

生命的點滴要漏盡了，我彷彿能聽到倒數的聲響；幸好活到現在，我也沒多少遺憾，要說的話，就是慶子不在身邊。我總覺得還有想向她說的話。唉，真笨，有什麼話平常不說，怎麼到死前才想說？我不由地嘲笑自己。

「是啊，誠戇，有話平常時著愛講啊。」慶子的聲音突然出現，近到如在身旁，但我知道那是幻影，是世界最後的慈悲；慶子將我的頭捧起來，放在她膝蓋上，這幻覺好真實，她握住我的手，像幫我取暖，或是幫我按摩。

雖然睜不開眼，但模模糊糊中，我彷彿看到她的臉。奇怪的是，她看來居然比現在更老，而且穿得很正式、漂亮，戴著我送她的珍珠項鍊，令我有些安慰。慶子神情釋然，有種大悟大徹的感覺，她溫柔地說：「所以呢？你想欲共我講啥？」

「慶子啊，真失禮。」我吐露自己的心聲。我真的說出口了嗎？還是我僅僅在心裡說？我也不確定。唯一知道的，就是慶子她聽到了。她細聲問我為了什麼道歉啊？我說是為她的母親。

「歹勢，我總是共你冤（吵），一直堅持你阿母是予魔神仔悉走的。」

「這條我是無按算（不打算）欲原諒你喔，但是我猶是予你解說的機會。是按怎這馬才向我會失禮？咱遮久啊，你明明有真濟機會，就算毋會失禮，你莫閣番我嘛歡喜啊。你是頭殼康安是無啦（哪根筋不對）？」

唉，這幻覺也太嚴厲了吧！這也好，要是總順著我，有些話我反而說不出口。我說：「是進前彼个無知的我毋著（不對）。你知影無，細漢的時陣，我總是感覺夏子歐巴桑誠過分，竟然刺字佇你的手裡，敢袂害你去予人恥笑？我無想看你予笑，毋過夏子歐巴桑失蹤了後，你煞（居然）繼續刺！我實在是袂堪咧（受不了），想講夏子歐巴桑對你的遺毒太深啊，你講的シッキー嘛是，攏是夏子歐巴桑的遺毒。為著毀掉彼寡會使你不幸的物仔，希望按呢會使帶予你救贖，我無才會一直共你冤。」

海鷗的聲音好吵，真是不識相的畜生，沒發現我正在處理人生大事嗎？但畜生就是無情，牠們有幾隻飛到我身上，刺刺癢癢的。我想撥開，卻一根小指都動不了，慶子為我趕走牠們。

「你真是有夠戇的。」慶子說，「你看我手裡的刺字，這早著湠澹（滲透）入去皮膚內底矣，是無法度消除的。你佮意我，敢有可能干焦（只）佮意我，煞棄嫌我手裡的刺字？你占有我的時陣，敢有可能干焦欲挃我的人，煞無愛我的手？若你共我的手剁掉，我敢閣是我？」

「是啊，是我毋著！我應該愛當面共你懺悔。」

「我阿母的代誌，你若攏莫講，時間久矣我自然就會放袂記（忘了）。毋過你煞時不時來提醒我，叫我愛怎樣來放袂記？予人怎樣無怨恨你？講起來誠好笑，垚仔——是你予我變做是ウチナーンチュ啊！」

「敢有影？敢真正是我？」

「是啊，我對你……實在是又愛又恨，你這个戇人！」

原來是這樣。我總算明白了，我真是傻啊！要是我不去區分什麼臺灣、沖繩，就不會傷到慶子，也不會剝奪她想要握在手裡的回憶。我總是自作聰明，自以為做了最好的事，結果卻讓所有人失望。

「歹勢，慶子。真失禮。」

「我知影矣啦，免閣會啊，我就講袂（不會）原諒你矣。」

「無論我按怎做你攏袂原諒我？」

「當然啊，你就欲死矣，已經無法度來彌補我，那會使遮簡單就放你煞（原諒你），好矣！你好好仔歇睏。你看你家己的頭殼，流遐濟血攏無發現，我嘛真正足佩服你。」

什麼血？我是真的不知道。不過陽光好溫暖，慶子的手也好溫暖，我就像回到小時候，彷彿躺在阿母身上，阿母輕輕摸著我，安慰我，讓我入睡。

「好吧，按呢我先來睏矣，你愛閣來揣我喔！」我說。

「我考慮看覓。」

「莫考慮矣，你就來揣我啦，看你是欲罵我抑是欲拍我攏會使。」

「嘿，你真正是厚面皮呢，就講我考慮看覓啊；若是我考慮的結果是無愛（不要），請你就乖乖接受喔。」

「好吧。毋過我抑是想欲你來。」

船發出快要散掉般的聲音，像嬰兒的搖籃般搖來搖去，讓人感到坦然又舒爽。我闔上心裡的眼，慶子變為極小的一點點光亮，就連手上的觸感也快感覺不到了；世界離我越來越遙遠，像緩緩沉進黑暗中，那是讓人放心的黑暗。迷迷糊糊間，慶子忽然開口：「……無人島，就欲到矣呢。」

「唔？無人島？咱走遮遠矣？」我提起力氣回應她。

無人島很遠，比龜山島跟與那國島還遠，這艘船漂到那種地方了？啊，這樣下去，我的屍體該不會被日本人發現吧？慶子說：「是啊，誠倚矣，明明我一直共你講想欲瞭一眼無人島，你攏無愛𤆬我去，這條到今我猶記牢牢。」
「這嘛無法度啊，自古就是袂使予查某人上船，無會有歹代誌發生。」
「你無愛予我上船，敢毋是仝款（同樣）出代誌啊？毋過這條我就原諒你，畢竟我去過無人島啊。」
「啥物（什麼）？當時的代誌？」
「我是偷走去的。佇你無佇咧的時陣，講矣你嘛毋知。」
「是喔……若按呢你是以啥物身分去的？」
「啥物意思？」
「我是講……你是以中華民國國民的身分，抑是日本人的身分去的？因為無人島有領土爭議嘛。」
「你真誠有夠儑（傻）呢！我是以『自己』的身分去的啊？干焦恁遮的查埔人才會無聊甲咧爭這。是講，垚仔，你敢有聽著？」
「聽著啥？」
「歌聲啊！是無人島的歌聲。其實無人島一直咧唱歌，伊有伊家己的聲音啊！但是恁規工顧咧爭伊，毋才啥物攏無聽著。」

哪有這回事？雖然我想抗辯，但不知怎麼回事，我居然真的聽見了歌聲；那是舒服到令我全身起雞皮疙瘩的聲音，有點像海翁的歌，又像是很久很久以前，慶子在海邊唱起的與那國島歌謠。我現在才真正聽見那歌聲。

難道我真的在無人島旁邊？那個過去我想去就可以去，現在卻被拒絕在外，上面住滿了海鳥，到處都有鳥蛋可以撿的島嶼？就算快死了，只要能再度靠近，我就滿足了，那裡也有我的記憶啊！

「慶子。」我再度開口。

「嗯？」

「失禮。」

「我毋是講毋免矣。」

不，真的很抱歉。我總算明白了，就算講多少次都不夠。我還有好多話想說，有好多事想解釋。現在我知道了，慶子，你的阿母果然不是被魔神仔牽走的。要是能把這句話親口告訴你多好啊？慶子啊，你阿母——

「咯登」一聲，船停了下來，那是清脆的靠岸聲響。世界如巨大的泡沫般幻滅，裡頭的歌聲淹沒了海潮，也淹沒了我。

十

雪芬跟佑娥沿著海岸走。雖然剛剛說出那種豪氣干雲的話，其實她心裡也很不踏實。她知道自己正在介入他人的人生。即使身為記者，這是常見的職業後果，但正是因為經驗豐富，她才知道要謹慎看待。

「鍾小姐，」雪芬停下腳步，誠懇地說，「雖然我剛剛那麼說，但請你瞭解，重要的是你自己的感受，不管我說什麼，請你不要勉強自己。另外，我告訴你這些事，也有一部分是為了鑫垚，如果他能平安回來，我希望他不必繼續執著於玉城夏子女士到底是被什麼鬼怪帶走。」

「……因為像雪芬姐剛剛說的，那件事有合理的解釋？」

「至少在已知條件下。」

「我……還是很難相信。」佑娥微微蹙眉，「我也想過很多。但那件事已經過了六十幾年，不只找不到相關人士，連地景也變了，甚至這個故事經過多重轉述，搞不好很多細節都錯了。明明如此，也能找出當年的真相？」

「要找出真相是不可能的。」雪芬篤定地說，「事到如今，無論調查出什麼新證據，都會因為年代久遠而有曖昧的空間，這會大幅降低據此建立新假說的有效性。」

「我也這麼想。其實之前我也懷疑過，會不會是有人看錯？或沒有仔細找？但鑫垚說，既然身為當事人的奶奶都那樣說了，我們有什麼資格懷疑？他說的沒錯，但這樣一來，不就什麼都不能做了？因為時間過去太久，要懷疑很容易，同時懷疑也很難成立。」

「對，所以不需要額外的調查或證據，我們要做的事只有一件，就是在鑫垚訴說的有限故事條件內，瓦解這個故事。」

佑娥花了一些時間才理解雪芬的意思。她難以置信：「真的可能嗎？」

不知為何，她總覺得眼前的記者比剛見面時更神祕了，畢竟她說的，是自己從未想過的不可思議之事。

「我覺得可能，也請你幫我確認我的假設有沒有問題。」雪芬背對著海風，開始提出她的理論，「據我的理解，人們認為玉城女士是被鬼怪帶走，是因為在鑫垚的爺爺、奶奶沒看到的三分鐘內，玉城女士不可能離開視線範圍，對吧？那麼，只要找出『離開視線的方法』就可以了。」

「是這樣沒錯……但大家找過了，如果有什麼快速離開的方法，或能藏身的地方，當時就該找到。就算真的有，當時沒找到，現在風景已經完全改變，也不可能找到啊？」

「對，但有個地方……」雪芬沉默了一下，「我有個還不錯的假設，不過，如果事情真是那樣，我想到的可能性或許有些駭人。所以我想先跟鍾小姐說，無論真相是不是在我提出的假設中，這些可能性都有令人不快之處。」

「沒關係。雪芬姐，請快點告訴我吧！」佑娥催促著。或許是雪芬太謹慎，她甚至有點不耐煩了。

「好，先說我考慮到的幾種可能性。」雪芬下定決心，舉起三根手指，「我想到三種可能。第一，玉城女士在孩子沒看到的三分鐘內意外死亡，屍體也因意外沒被發現；第二，玉城女士被某人謀殺，屍體被藏在某個地方；第三，玉城女士是自己躲起來，刻意不讓兩個孩子發現。」

佑娥有些心驚，沒想到出現「謀殺」這種可能，這令她臉色慘白！但作為學者的判斷力很快發揮作用，她有些顫抖地說：「雪芬姐，這可不是推理小說喔！剛剛也說過了，我不覺得誰有理由殺害外太婆……而且最重要的不是是否被殺害，而是如何在三分鐘內離開猴猴池吧！你剛剛提出的可能，無論是兇手或被害人，還是無法在三分鐘內離開啊？」

「不，沒必要離開，只要『藏起來』就好。」

「但大家已經找過了，尤其是謀殺，要怎麼把屍體藏起來？一個大人耶！又只有三分鐘，犯人要躲在哪？」佑娥有些雞皮疙瘩，她突然意識到當年的事發地點與這個海岸很近，不知為何，光在這麼近的地方討論過去就令她害怕。

「其實有個很好的地方……我比較意外之前怎麼沒人想到。照你的轉述，那裡應該還沒人找過，如果有的話，轉述時應該提到，因為不出動大量人力，不可能徹底翻過那裡。」

佑娥難以置信，有這樣的地方？她也在這故事中反覆思考過，真的有的話，自己怎麼會沒發現？雪芬緩緩說：「鍾小姐，還記得你說過吧？猴猴池是死水，每次下雨都會把砂石沖進池子裡，所以最後變成類似沼澤的地方，也就是說，猴猴池一定非常混濁，能見度極差，要是有任何人或東西在裡面，就算同樣在池子裡，也不見得知道。」

佑娥微微抬頭，她先是呆呆地看著雪芬，也沒有任何戲劇性的反應，接著臉色慢慢變得蒼白。

她猛然理解雪芬的意思。而且，只要細思背後的涵義，恐怕沒有人會不感到恐怖！雪芬嘆氣說：「最簡單的情況，就是玉城女士意外身亡。雖然身為海邊居民，很難想像她會溺死，但要是真的出了什麼意外，像是抽筋，並不幸在兩個孩子憋氣的時間內淹死，看來就像是消失。」

「等等，等一下。」佑娥一時有些吃不消。如果是這樣，就表示當玉城夏子去世時，兩個小孩還跟她在同一個水池中，而且他們完全沒發現？太殘忍了！她忍不住抗拒這種可能，反駁說，「我覺得不太可能。要是外太婆溺水，應該會掙扎吧？兩個小孩怎麼可能沒發現？」

「其實人在溺水的時候，掙扎力度非常小。電影上那樣大幅度揮舞手腳、水花四濺的現象，基本上不存在。其實新聞就有很多案例，甚至有人在游泳池裡溺水，眾目睽睽之下，卻沒人發現。」

「但要是溺水而死，不是會浮起來嗎？」

「不會『馬上』浮起來。幾小時、甚至幾天才浮起來都有可能。但像你說的，這可能性不高。就算當下沒發現，幾天以內應該要發現玉城女士的遺體才對。但也不是完全不可能，像被水草纏住之類的情況也可能發生，只是機率真的太低，開闢成海港時也應該發現，所以暫時先排除。下一個可能是……『謀殺』。」

再度聽到「謀殺」兩字，佑娥還是有點害怕，甚至怕到不想去聽細節；但她勉強打起精神。既然已經意識到猴猴池能藏身，她大概知道雪芬要說什麼。她說：「我有疑問。雪芬姐應該是想說那個殺人兇手可以在犯案後躲進猴猴池吧？但就算如此，既然外太婆無法在三分鐘內離開猴猴池，那個人不是也不可能在三分鐘以內趕到她旁邊嗎？」

這是簡單有力的質疑。既然玉城夏子無法在三分鐘內走到兩個孩子看不見的位置，那本來不在孩子視線範圍內的犯人要怎麼在三分鐘內到她身邊？雪芬說：「如果犯人一開始真的站在遠方，確實無法在三分鐘內接近。但孩子們是何時意識到池邊沒人的？是在發現玉城女士失蹤後、仔細觀察才知道的吧？

在發現有人失蹤前，他們沒必要注意旁邊有沒有人。也就是說，可能當時犯人已在池邊，只是孩子沒發現。當然，他也可能藏身在離玉城夏子不遠的視線死角，甚至犯人可能早就躲在猴猴池裡，不過可能性真的太低，暫不考慮。」

雪芬只是在清點可能性，但她務實的口吻，卻帶來某種接近真實的恐怖感。佑娥光是想像那個過程就有些反胃。如果那個心懷惡意的犯人悄無聲息地走到玉城夏子身邊，將她謀殺，並拖著她的屍體躲在猴猴池裡；當鑫垚的爺爺、奶奶四處尋找時，犯人就近在眼前？明明如此，兩個小孩卻沒注意到……

這讓她渾身發抖。

「無論用什麼殺害方式，只要潛入水中，移動到遠一點的地方，露出一點口鼻呼吸，就可能不被注意到。犯人甚至可以事前準備好水底呼吸用的工具。」雪芬補充說。

這實在超出佑娥的想像太遠，她搖搖頭：「但犯人要怎麼帶外太婆的屍體離開猴猴池？難道要等到晚上沒人？」

「有可能。犯人可能用某種方式先阻止屍體浮起，趁沒人注意時離開猴猴池，等夜深人靜時再潛入池中處理屍體。不過這個假說的可能性不高。」

太好了——聽到「可能性不高」，佑娥總算鬆了口氣！她快被恐怖感壓垮了，所以直到心情平復後才問：「為什麼？」

「有幾個原因。玉城女士出現在猴猴池邊是偶然，池子邊沒人也是偶然，兩個孩子到底能潛水多久也是未知數，而且這個手法太麻煩，就算要製造失蹤假象，應該也有更輕鬆的方式。我覺得犯人不是事先躲進猴猴池裡也是這個原因，不確定性太高了。坦白說，我想不到什麼非得在猴猴池旁動手的理由。而且就算運走屍體，也有棄屍問題。」

佑娥撫著胸口，她本來很怕這是正確答案，這若是真相，就算鑫垚回來，她也不打算說。雪芬一開始提過三種可能，用刪去法來算，只剩最後一個了，但最後這個可能，卻也相當令人疑惑。

「……所以雪芬姐認為，外太婆是自己躲起來的？」

「我認為這種可能性最高。玉城女士能主動把握最適當的時機，只要事前準備在水底呼吸的工具，就可以在水中躲藏很久。真要說有什麼疑慮，就是這個手法還是在傍晚實施比較好，因為入夜後更好活動，但玉城女士是在中午失蹤的。」

「但為什麼要這麼做？為何要背著所有人失蹤？」佑娥有些激動地問，難道她不知道被拋下的親人會多痛苦嗎？事實上，要是沒有那件事，陳黃慶子與陳鑫垚的命運都可能截然不同！當然，佑娥也知道這問題有些無理取鬧，果然雪芬微微苦笑。

「事到如今也無從得知了。不過……要是沒有解釋，玉城女士就只是個拋棄家庭的狠心母親，這故事果然需要解釋吧？鍾小姐，其實你剛剛提到的政治因素，就提供了某種可能；譬如，玉城女士被捲入某種政治麻煩，蓄意失蹤是為了保護家人，而那些出現在裡南方的可疑人士，其實是來跟她接頭的……事到如今，這些當然已經無可考證，但我認為構思一個有尊嚴的緣由也好，你認為呢？」

佑娥還有些混亂。雪芬提出的可能性中，有些甚至比鬼怪作祟還恐怖；因此她揉雜了興奮、恐懼與快慰。她知道這很可能不是真相，但這套假說確實建立在鑫垚所知的基礎，就算鑫垚回來，大概也不能輕易否認。但這套假說真能拯救鑫垚嗎？

她當然知道困擾著鑫垚人生的問題，不可能光靠解決玉城夏子事件就能修復，但無論是什麼想像，都需要附著的對象——對，就像妖怪附身，附身後的妖怪反而比附身前還強大；鑫垚複雜難解的國族認同之所以透過「是魔神仔還是シッキー」這個問題浮現，也是因為玉城夏子跟陳黃慶子的事件提供了魔幻想像附身的場所。在這個例子中，妖怪反而被附身了！任何想像只要得到棲身之所，就能夠被無限放大，猶如不知休止、不會消耗能量、永遠嗤笑迴盪的「波」；而雪芬提出的理論，正是在瓦解被附身的妖怪。

能不能得救要看鑫垚自己，但對佑娥來說，她確實觸到了希望；無論魔神仔或シッキー，只要鬼怪不存在，就只剩下一個樸素純粹的問題：鑫垚是怎麼在飛機上隱藏自己的？現實感就像腳邊亮起的燈，即使照得不遠，也足以讓她知道地面存在。陪著鑫垚走過那錯綜迷宮的她，差點就在神話與傳說中遺失自己，這是她第一次有了「或許鑫垚不是被鬼怪帶走」的意識。

「……那奶奶呢？奶奶是在我跟鑫垚面前失蹤的，這也有合理的解釋嗎？」佑娥忍不住追問。聽到這問題，雪芬猛然想起二樓房間裡瞬間出現又消失的鬼影。她背後發涼，卻決定無視這份記憶。

「關於這點，我還沒把握，雖然已有基本的假設……但這畢竟跟六十年前的事不同，不只還能找到關係人，鍾小姐甚至就是目擊者。我只有事後調查，判斷很可能失誤，要是有不對的地方，還請你提出來，可以嗎？」

「當然，我明白。」佑娥點點頭。

「根據鍾小姐的說法，陳黃慶子女士失蹤那天，你跟鑫垚在一樓等她，因為她一直不下來，你們才上二樓。之後，你們立刻開了和式房間的門——我可以問為什麼嗎？我是說，二樓不只一個房間，為何先開那個門？」

「因為那是奶奶房間啊？另一個房間是倉庫，沒道理去那邊找……」突然，佑娥領會到為何雪芬提出這問題，「等一下，難道雪芬姐的意思是，當時奶奶其實在倉庫裡？但後來我們去倉庫找過了啊！」

「我確實這麼想。」雪芬欲言又止，「雖然鍾小姐你們看過倉庫，但你們大概沒仔細調查倉庫的每個角落吧？」

「當然沒有。雪芬姐是什麼意思？你覺得要是我們仔細找過，就會找到奶奶嗎？所以奶奶是自己把自己藏起來，刻意欺騙我們？」佑娥有些難以接受。她很信賴陳黃慶子，雪芬這番假設，對她來說有如汙衊！雪芬彷彿猜出她的心情，微微苦笑：「那是一種可能。還有另一種可能，就是陳黃慶子女士因為某些疾病，在倉庫裡昏厥了。」

「……什麼？」佑娥臉色大變，沒料到會出現這麼可怕的可能。雪芬說：「這只是我的猜想……陳黃慶子女士說要給你們東西，隨即上樓，並說稍候會再下來，那麼，有沒有可能她還有東西要給你們，但那東西放在倉庫呢？接著，她因故昏厥，倒在倉庫某處，沒被你們注意到，就被當成神祕失蹤。」

佑娥額頭冒汗，這可能猶如晴天霹靂；要是真如雪芬所說，陳黃慶子在那之後行蹤不明，最可能的情況，不就是他們沒發現她，最後導致她在倉庫裡衰弱致死嗎？這是何等大罪啊！可是，真是如此嗎？當時佑娥確實沒找過每個角落，但倉庫也不大，陳黃慶子要是昏倒了，真的可能完全處在視線死角，沒被兩人看到？

「……不，算了，當我沒說。這可能性太低了。」雪芬搖頭。

「什麼？為什麼？」佑娥著急地問。

雪芬像在思考要怎麼措詞，最後還是直白切入重點：「如果陳黃慶子女士真的因為錯過急救時機，在二樓倉庫過世又沒人發現，遺體會逐漸腐敗，那房子必然有可疑的味道，但我中午什麼都沒聞到。當然，這段期間鑫垚曾回來處理房子，不能排除他處理過的可能。但要是如此，就表示他知道陳黃慶子女士的下落，不至於為她的行蹤苦惱。說到底，要清除屍體留下的臭味，最可能的就是將同一房間的所有物品丟掉，這不太可能一人獨力完成。在我的採訪中，街坊鄰居既沒聞到惡臭，也沒見鑫垚有什麼大動作，既然如此，我認為陳黃慶子女士並未在二樓倉庫過世的機率很高。」

佑娥鬆了口氣：「那就好……不過這樣的話——」

「剩下的可能就是陳黃慶子女士以自己的意志藏在倉庫。其實這可行性很高。如果她有這種打算，可以事先做好完美隱藏自己的準備，說不定你們仔細找了都還找不到。也有另一種可能，就是她原本藏身在倉庫，趁你們進她房間時離開倉庫，從樓梯離開，這樣就連倉庫都找不到她。不過從樓梯下去，是否真能不發出任何聲響，我並不確定。也許陳黃慶子女士確實做得到。但考慮到各種風險，我認為藏在倉庫裡比較保險。」

結果還是出現這樣的結論了。佑娥雖不認同，卻也沒一開始這麼抗拒。她說：「理智上，對，我同意有這個可能。但我很難想像奶奶會這麼做。她應該知道自己失蹤會對鑫垚造成什麼影響啊！玉城夏子消失，不也只帶來不幸的記憶？為何她非得將這種經驗再度推給鑫垚？」

「我不知道。不過，」雪芬搖頭說，「我認為陳黃慶子女士確實有讓人覺得她是神祕失蹤的意圖。」

「讓人覺得她是神祕失蹤……？」

「嗯，只是一些胡思亂想，而且我也不是專業……」雪芬有些猶豫，「但我覺得有點奇怪。鍾小姐，根據當年的報導，還有我在這裡探聽到的，陳黃慶子女士在三年前九月二十五日後就沒再出現——除了你們，因為你們二十九日見過她。可是，早在二十五日前幾天，她就有被魔神仔迷惑的奇怪言行了，這不是很奇怪？」

被她這麼一說，佑娥確實覺得有哪裡不對勁，但她一時也說不出所以然，只能問：「你覺得哪裡奇怪？」

「鍾小姐，我不敢班門弄斧，所以想問你的意見——陳黃慶子早在二十五日前幾天就被迷惑了，卻到二十五日，甚至是二十九日才不見蹤影。但我聽到的魔神仔傳說，幻覺往往是當事人事後的追憶，也就是說，幻覺發生在被魔神仔牽走的同時，只是當時沒發現，事後想起才知道是幻覺。在二十五日前，陳黃慶子女士明明就已經遇上魔神仔，卻沒有馬上被牽走，這合理嗎？」

雪芬說完其實有些忐忑。她這麼問是不對的，因為很容易誘導對方的思緒，但她真的不確定自己對魔神仔的認知是否正確；佑娥先是怔住，身為學者的頭腦高速運作起來：「這確實不尋常……但民間經驗千差萬別，也很難說就沒這種案例；說起來，雖然『魔神仔』一般寫成魔鬼的魔，但只是記音，有一種說法，認為『魔神』其實是『無神』，也就是描述被害者失神的狀態，如果是這樣，奶奶跟幻覺互動就是失神，也算被魔神仔捉弄……」

「這樣的話，陳黃慶子女士為何直到幾天後才失蹤？被魔神仔戲弄，有可能被牽走失蹤，回來後才發現這段期間處於『無神』狀態，也可能只是『無神』。但在陳黃慶子女士的案例中，『無神』發生在失蹤前，還相隔幾天，難道魔神仔特地捉弄她兩次？」

佑娥無言以對，這確實有些罕見。雪芬繼續說：「這是很微小的疑點，但當我注意到時，我忍不住想……啊，難道陳黃慶子女士有意營造自己是被鬼怪帶走的假象嗎？所以在她消失前，她刻意演出彷彿被鬼怪捉弄的模樣……這只是我的想像，鍾小姐，你覺得呢？有這種可能嗎？」

「要說可能……只是可能的話……當然有。可是——」佑娥用力搖頭，「奶奶到底為何這麼做？」

「雖然沒有明確的根據，」雪芬說，「但我覺得剛剛鍾小姐已經指出了某種可能。」

「什麼？」

「這難道不是某種制約——不，該說是詛咒或束縛——為了讓鑫垚堅定地認同自己是ウチナーンチュ，不是嗎？如你所說，玉城女士的遭遇只帶來不幸的回憶，但同時鞏固了陳黃慶子女士的信念，正因如此，陳黃慶子才要**將這種經驗再度複製**到鑫垚身上！鍾小姐，之前我說鑫垚認同自己是ウチナーンチュ，但不只如此吧？他問過你，要是自己失蹤了，到底是魔神仔還是シッキー所為？如果他篤信自己ウチナーンチュ的身分，根本不會有魔神仔這種選項。難道不是因為陳黃慶子意識到鑫垚動搖了，才用這種方法將自己的信念強加到鑫垚身上嗎？」

佑娥駭然瞪著雪芬，與其說震驚，不如說是痛苦到不知所措。雪芬知道自己說中了。關於鑫垚的內心，她也是今天才猛然醒悟——包括陳舜臣送給鑫垚的那句話，還有鑫垚在陳舜臣身上尋求的共鳴。

雪芬過去並未特別注意陳舜臣，但今年年初，陳舜臣在日本過世，一月底，他的《鴉片戰爭》在臺灣再版，看著這本書，雪芬突然想起鑫垚，並在朋友的推薦下重新認識陳舜臣。陳舜臣曾獲直木賞，他的文壇知名度是從日本打響，但他算是臺灣人——因為他父親也是。戰前，他出生於日本神戶，當時日本與臺灣是「同一個國家」，戰後他卻被動成為中華民國國民，像被遣返般回到臺灣。他在臺灣的停留時間不長，甚至受二二八事件刺激，沒多久便再度離開。他有大量作品以中國史為題材，也曾擁有中華人民共和國的國籍，直到六四天安門事件讓他對中國失望。像這樣一位父親是臺灣人，也有臺灣生活經驗，卻大量書寫中國歷史故事的日籍作者，他到底是日本人，臺灣人，還是中國人？他自己怎麼想，他人又是怎麼評價的？單純從國籍看，可以說他是同時擁有日本與中華民國國籍的人，但國籍就是他的認同嗎？

想起陳舜臣寫在鑫垚《琉球之風》裡那句「毫無國界之分的海，是自由的象徵」——雪芬恍然大悟，這不正是鑫垚的困境與想望？他缺乏琉球生命經驗，卻無法徹底放棄琉球認同，因此轉而追求琉球與臺灣的內在聯繫，也就是史前史！他追尋的是人類尚未創造出「國界」這種概念前，大海將文明聯繫在一起的狀態。在那個遙遠的時代，人們根本不必煩惱自己是琉球人或臺灣人。

這是逃避嗎？或許吧。身處現代社會，國籍歸屬是不能迴避的。但國籍與認同未必相等，這種孤獨與絕望——難道真的不能逃嗎？雖然實際上就是逃不掉，因為隱形透明的冰冷制度無所不在，只是適應它的人感覺不到。

「呼……」佑娥深深嘆了口氣，像剛剛才回過神；她疲倦地面向大海，蹲了下來，喃喃說，「雪芬姐，雖然臺灣沒有偵探，但你真的就像名偵探一樣；像你說的，鑫垚的認同不是簡單的臺灣或琉球就能定義的。」

她對雪芬說了個故事。由於面向大海，感覺就像講給大海聽。

幾年前，她跟鑫垚到基隆的社寮島——自從知道鑫垚的琉球認同，她就帶鑫垚尋訪臺灣各地與琉球有關的遺址。社寮島曾有臺灣最大的琉球人聚落，自然是佑娥琉球名單上的首選。

在島上公園，兩人牽手走著，看到一面展覽板，上面記錄了社寮島過去流傳的「大草鞋傳奇」；據說島上的人曾撿到巨大草鞋，因此認為海上應該有個巨人國，為了不讓巨人侵略他們，就編了更大的草鞋，想欺騙巨人，讓巨人以為社寮島上有更大的巨人。佑娥看到這則傳說，立刻興奮地跟鑫垚說「這跟與那國島的傳說非常相似」。

十五世紀時，與那國島由一位叫「伊索巴」的女豪傑統治，據說她為了避免海盜打劫，就派人編了巨大草鞋，讓人以為島上有巨人。也因為伊索巴太強悍了，所以有了伊索巴本人就是巨人的流言。這傳說有諸多變體，有版本認為巨大草鞋不是為了欺騙海盜，而是某處的巨人、惡鬼，甚至臺灣的食人族。社寮島流傳的傳說，顯然是移民帶來的；這證明了傳說與文化不會被國界隔離。

但佑娥沒想到的是，鑫垚聽過之後非常著迷，甚至一度主張巨人真的存在！他曾興奮地拿某一份研究給佑娥看，是關於與那國島近海發現的海底遺跡，由於遺跡有巨大階梯，尋常身高的人類根本無法攀登，因此遺跡的主人一定是「巨人」。

其實這所謂「遺跡」，佑娥曾聽過。但據她所知，目前還沒有考古學上的證據能表明那是遺跡，她更傾向那只是「海底地形」。雖然有人認為自然界不會有這種階梯般平整的切割面，但自然是很神奇的，就像澎湖有著不可思議的六角柱玄武岩地形，看似人造體的自然物其實並不罕見；最重要的是，如果那真是遺跡，應該要有相應的聚落痕跡，像生活遺留物與墓塚，但海底地形並未發現這些。

兩人對海底地形的歧見，甚至讓他們吵過幾次，這對佑娥來說根本是莫名其妙。當然，鑫垚不可能是人類學家的對手，因此他最後認錯服輸。但他說，他還是認為巨人存在，或是說，如果巨人不是社寮島或與那國島的幻想，而是真實存在就好了。那時佑娥不懂鑫垚為何對巨人如此執著，直到有一次他們到沖繩旅行，偶然提起此事，鑫垚才講出他的心聲。

「聽到巨人的故事，我不禁覺得，我不也是這樣嗎？」那時鑫垚在前往宮古島的船上，陽光將海面照得十分美麗，鑫垚卻因刺眼而皺著臉，臉上刮過些許陰影，他說，「無論與那國島或社寮島的人，都認為巨人是自己創造的。他們創造了虛幻的巨人，同時希望海外的某人相信巨人是真的，這樣巨人不是很可憐嗎？明明被傳述了，卻不被承認，只是海上虛無縹緲的存在。所以我想，要是巨人真的存在就好了。只要留下曾經存在的痕跡，就能不被任何人否定，這也算是向那些把他們當成虛構的傢伙進行反抗了……」

記憶中，鑫垚是平靜地說出這番話，卻撼動了佑娥的心；她聽出了這番話背後的苦痛，並緩緩向雪芬傾訴——

「雪芬姐，你看，鑫垚對自己的認同感到迷惘，不是認為自己既是臺灣人又是ウチナーンチュ……沒這種好事，正相反。他既無法認同自己是臺灣人，也無法認同自己是ウチナーンチュ，所以才將認同投射到流亡海上、同時被兩邊放逐的巨人傳說……所以啦，雖然奶奶是好人，但這樣將信念灌輸給鑫垚，只會帶來不幸；你叫我怎能不憎恨奶奶呢？」

說著她終於承受不住，顫抖著嘆了口氣，接著深深呼吸，像要把歲月從身體擠出來一般，對著大海怒吼。

十一

與佑娥道別後，雪芬突然非常想喝酒；要是她有菸癮，或許就會拿出香菸了。這份對成癮性物質的需求，不是完成重大任務後想放鬆的渴望，完全不是。她是感到不安，為了轉移注意力才打算喝酒。

鑫垚是怎麼在飛機上失蹤的？雪芬還沒有解答，卻有一套說法：要解開這個謎團，必須徹底瞭解飛機的構造，還有機組人員如何登機、甚至包含排班在內的一切細節。即使暫時沒答案，但只要詳細調查，一定能找出鑫垚神祕失蹤的蛛絲馬跡。就結論來說，佑娥接受了雪芬的建議。她留下電話，請雪芬掌握線索後打給她，她也會多留幾天；只是旅館在蘇澳，她得回蘇澳去，就與雪芬告別了。雪芬也知道她需要一些時間冷靜。

直到佑娥離開，雪芬還是不確定自己做的對不對；她甚至不覺得自己能回應佑娥的期待。當然，她的說辭是正確的，要解開鑫垚失蹤之謎，就要瞭解關於飛機與航空公司的一切，但這本就是搜查的基本，鑫垚失蹤至今已長達一週，那些對飛機瞭若指掌的專業人士早已出動，卻還是沒找到答案，雪芬可沒有天真到覺得自己比那些人更厲害。

陳黃慶子失蹤的謎團也是。她看似提出合理的假設，但不能解釋的事還有很多；譬如，依照佑娥的說法，他們來內埤前並沒有事先知會陳黃慶子，既然陳黃慶子無從得知鑫垚他們會來，那事前準備好消失詭計的說法就不成立。當然，陳黃慶子可能透過別的管道知道鑫垚會來，或那個詭計是為別人準備的，只是鑫垚他們無預警地抵達，讓陳黃慶子臨時改變主意，展示在鑫垚前。但這也無法解釋陳黃慶子為何要在二十九日再度現身。

街坊鄰居說，他們在九月二十五日後就沒見到陳黃慶子，家裡二樓的日曆也停在九月二十四日，表示慶子沒機會撕下二十四日那張紙。如果鬼怪擄人是一種演出，這應該就是她計畫失蹤的日期，那為何四、五天後要重新出現？如果她本就打算九月二十九日施行某項詭計，那相關演出也應該進行到二十八日啊！可以說，那些乍看來解開的謎團，幾乎都還在原地踏步，雪芬的假設很可能落空。

但她本來就是擔心佑娥後悔，才羅列其他可能，請她重新考慮，就算不是真相也無妨。即使如此，她還是擔心自己讓佑娥有太高的期待——明明剛剛說的那些，比起推理，還更像話術啊！佑娥說這不是推理小說，是對的。推理小說有義務出示所有證據，但現實卻是粗魯蠻橫的暴君，所謂的「證據」，就像抓出一把糖果亂撒，只有幾顆會留在盤子上，那些熱中於「推理」的人們怎能不因此小心謹慎？

太陽從山頭落下後，夜晚的深沉也像掉進水裡的冰塊整片墜落。不同於大城市，裡南方入夜就冷清了，在雪芬前往南方澳的路上，長長的街道竟杳無人煙，最光鮮的店家是7－11。暗夜彷彿得到生命，肆無忌憚地在街道上徘徊，將人都驅趕到房子裡去。

幸好越往北走，街道就越熱鬧，到了南天宮一帶又熱鬧起來，小吃攤的霓虹招牌亮著，廟簷上會變色的燈泡五光十色。雪芬孤獨地找了家店吃飯，突然有人打電話來，是報社的晚輩小蘇。剛遇上佑娥時，她曾委託這位晚輩調查一些事。她接起電話。

「喂，小蘇，怎麼樣？」

「都調查完囉，畢竟是雪芬姐的委託嘛！」小蘇的聲音傳來。她講話速度很快，有時還要請她放慢速度，她連珠砲般說，「其實我是可以早點打來啦，畢竟很快就查到了，但你也知道我查資料時不小心就會陷進去，回過神時肚子已經餓癟了，就先吃了晚餐。」

雪芬所在的店家有點吵，所以她說：「小蘇你講話大聲點，然後慢一點。所以你找到了什麼？」

「好的。首先呢，鍾佑娥這號人物不是虛構的，她是臺灣大學人類學系博士生，今年二十九歲。我有找到她的照片跟電子信箱，有需要嗎？」小蘇說。

雪芬鬆了口氣。要是這時才知道「鍾佑娥」是假貨，她可受不了；或許是太過謹慎，剛見到佑娥時，雪芬無法馬上相信她的自白。畢竟才剛懷疑鑫垚是不是真的有女友，女友本人就出現，未免太巧了。不過現在不同，直覺告訴她，佑娥身上有著難以抹滅的真實。

「晚點把照片寄給我，我確認一下。信箱就先不用了。另一個問題呢？」雪芬問。

「是二〇一二年九月二十四日前後，南方澳有沒有發生什麼事吧？有，不但有，而且還是很大的事，有上維基百科喔！」

「喔？什麼事？」雪芬問。其實她本不期待什麼大事，如果真是大事，反而未必有關。

她會注意到「九月二十四日」這個日期，自然是因為陳黃慶子家裡的日曆停在這一天。看到日曆時，她突然意識到自己錯了；她追蹤了九月三十日之後的新聞，想知道陳黃慶子失蹤事件有無後續，卻沒想到造成陳黃慶子消失的理由可能在那之前！因此她決定碰碰運氣，調查那段期間南方澳有沒有什麼可疑的事。

「那幾天南方澳的大事是『九二五臺灣保釣行動』，維基頁面的標題就是這麼寫的。雖是這麼說，但這支保釣隊伍是九月二十四日出發，所以也叫『九二四保釣行動』。維基說，這是本世紀規模最大的民間保釣運動耶！總共有五十八艘漁船、兩百九十二位漁民參與，二十四日下午三點從南方澳出發。要集結這麼多人，一定有很多準備吧？我想那幾天南方澳應該都在忙這件事。」

啊，原來是保釣運動。雪芬有些失望，她不覺得這跟陳黃慶子有關，就問：「那幾天沒有其他關於南方澳的新聞嗎？」

「其他……我看就沒有值得一提的了耶。」

「這樣啊，好吧……」雪芬本想道謝後就掛電話，但她靈機一動，「對了，為何船隊是從南方澳出發？要去釣魚臺的話，基隆不是比較近嗎？」

「雪芬姐，雖然你這麼說，不過根據中華民國的主張，釣魚臺是歸宜蘭縣頭城鎮管理喔。」

「那不是重點吧！就算是那樣，怎麼不從頭城出發？」

「嗯——我想應該有些原因吧？其實我有查到一些有趣的資料，就我自己的看法，是因為過去南方澳的漁民本來就會到釣魚臺捕魚，在釣魚臺國有化事件後情緒被激化。雖然光聽『保釣』兩字，很容易跟愛國啊之類的情緒牽扯在一起，但漁民可不是這樣想，他們更在乎捕魚的權利，行動前甚至有漁會的人認為比起主權，漁權更重要呢！雖然九二六漁船回來時現場洋溢著愛國情緒，但被團結起來的漁民搞不好根本沒這樣想，只是單純被政治人物利用了。」

小蘇突然這麼劈里啪啦說了一串，雪芬也沒全聽清楚，但南方澳過去將釣魚臺當成漁場，突然勾動了她心中的直覺；她說：「你說南方澳的人過去會去釣魚臺捕魚？」

「是啊！大概是民國四〇年代到六〇年代吧，那時南方澳的人將釣魚臺稱為『無人島』，去釣魚臺捕魚則稱為『拚無人島』，因為往返要花一天以上的時間，風險很大，所以才要拚；據說那段日子啊，南方澳的漁民還會跟日本漁民以物易物，交流各種漁法，直到六〇年代，日本開始主張對釣魚臺的主權，將臺灣漁民趕走，這就讓南方澳的漁民難以接受了。也是啦！對他們來說，等於是十幾年來可以捕魚的地方被奪走了嘛，而且釣魚臺那邊漁獲量很大，損失慘重耶！」

啊，難怪南方澳漁民如此重視，這樣一來，漁船群從南方澳出發也有道理了。雖然表面上看不出與陳黃慶子的關聯，但雪芬的直覺不斷發出訊號，要她追究下去，正好這題材也滿有趣的，因此她進一步追問：「小蘇，那你有查到日本為何在民國六〇年代改變態度嗎？」

這時她點的菜上來了，雪芬只好一邊用肩膀夾住手機，一邊動筷子。

「嗯，有——其實理由真的滿單純的。二次大戰後，美國不是在琉球成立了軍政府嗎？之後又成立民政府代管，直到一九七二年交還給日本，釣魚臺在那次歸還中被當成琉球群島的一部分，算來正是民國六〇年代的事，也難怪那時日本政府才主張自己的主權啦，因為那時他們才開始擁有主權嘛。」

「等一下，所以日本是一九七二年才開始主張釣魚臺的權利？我還有種這個爭議應該更久遠的感覺……」雪芬有些詫異。或許是中華民國總主張「釣魚臺為我國固有之疆域」吧？她有種這爭議應該非常古老的錯覺。

「是一九七二年沒錯，而且美國在那之前就表態了，保釣運動就是從那時開始的。保釣跟愛國主義混在一起，還帶動了學生運動，甚至讓戒嚴時期的國民政府都有些害怕；誰知道學生會不會引發革命？至於釣魚臺到底屬於誰嘛……嗯，我也試著瞭解了一下。不過公說公有理，婆說婆有理，我也不是什麼國際法專家，下不了什麼判斷。但說到底，大家看上的不就是釣魚臺的石油嗎？不然這種無人島誰要啊？我是說，除了漁民啦。總之，這種利益導向的主張居然能刺激愛國情操，我都不知道該不該說這個愛太廉價。」

這麼說來，確實是滿不可思議的事。

在雪芬的印象中，保釣運動從來就是跟愛國情操結合在一起。或許就是國民政府的愛國教育煽動了學生運動，又讓學生運動只能以愛國的主張表現出來。記得那段期間中華民國也退出聯合國，這些內憂外患會引發學生運動也很合理，保釣運動穿插在這樣的敘事中，自然染上濃濃的愛國主義。

當然再追究下去，應該還有更複雜的國族情緒在裡面，像是對日本侵略中國這份歷史的不滿——那時大家受的都是這樣的教育——釣魚臺的歸屬事關領土問題，自然會煽動國族情緒。但就像小蘇說的，對整個國家來說，釣魚臺歸屬根本是無關緊要的小問題，比起這個，不是還有更重要的國家大事嗎？如果那些事反而無法煽動愛國情緒，那這種情緒的真面目恐怕也很微不足道。

「那三年前是怎麼回事？」雪芬問，「琉球群島歸還日本都這麼久了，三年前忽然爆出這麼大的保釣運動，應該事出有因吧？」

「雪芬姐，我剛剛不就說了嗎？是釣魚臺國有化事件啊！」

「請你解釋一下，我可不是跑國際線的記者啊！再不解釋，我就要炫耀眼前的南方澳漁產到底多好吃囉。」

「你很過分耶！幸好我已經吃飽了。好啦，其實是這樣啦，事情要從東京都政府打算購買釣魚臺開始——」

「等一下，日本不是主張有釣魚臺的主權嗎？為何還要購買？」

「嗯……這是日本的主張啦，簡單說，釣魚臺的地位是被日本法律規範的，但釣魚臺本身是私人土地。雖然是無人島，土地卻屬於一位叫栗原弘行的人，而東京都政府說買下釣魚臺，就是把釣魚臺國有化，得以直接控制，算是一種政治宣示吧。」

這雪芬還真是想都沒想過，原來釣魚臺過去是私人土地？即使如此，在南方澳漁民的眼中卻是無人島。小蘇繼續說：「其實呢，我自己看資料的感覺是，過去釣魚臺雖有爭議，但日本、中華民國、中華人民共和國還算是以奇妙的默契保持平衡，不過二〇一〇年，中華人民共和國有漁船到釣魚臺附近捕魚，被日本巡邏船發現，驅逐的過程中與巡邏船相撞，所以日方上船逮捕漁民，這件事刺激了中國，民間的保釣運動也一下子變得很激烈。」

「啊，我想起來了，」雪芬心情沉重起來，「記得那時還有中國的愛國青年看到日產車就砸，甚至有車主被打成重傷。」

「雪芬姐，你說的應該也是二〇一二年的事，但確實從二〇一〇年就有砸車風潮了。總之，那時不只是民間，中國官方也派出巡邏船到釣魚臺附近的海域示威，我覺得，就是因為兩邊衝突激化，日本才決定要將釣魚臺國有化來對抗吧？但對南方澳漁民來說，事情根本沒這麼複雜，釣魚臺被日本政府買下的意義只有一個：就是漁權徹底喪失。」

原來如此，她總算是理解了。雖然從一九七〇年代起，釣魚臺就被美國歸給日本，但直到二〇一〇年，各國都以相當曖昧的態度面對釣魚臺的歸屬問題，無人島始終無人，任何人以何種身分登島都很敏感，到了東京都政府要買下釣魚臺，所有的愛國情懷才像是鞭炮般一串接著一串引爆——對這一切，陳黃慶子是怎麼想的呢？

雪芬靈光乍現，這一切看在陳黃慶子眼中，會不會別具意義？陳黃慶子本就覺得自己是ウチナーンチュ，而琉球群島被「歸還」給日本，也正是釣魚臺爭議的開端！與此同時，身在南方澳的她，大概也很清楚釣魚臺——也就是無人島吧？本來釣魚臺歸屬未明時，那是個和樂融融，不同國家的漁民能彼此交流的時代，但主權爭議浮現後，分裂、對立也開始了。對自認是ウチナーンチュ的陳黃慶子來說，她究竟會怎麼看待釣魚臺爭議？

三年前的事也是。本來南方澳的漁民是為漁權問題爭一口氣，最後卻被上升到愛國情緒；講難聽點，當這件事被看成主權問題的同時，熱熱鬧鬧喧騰著這件事的漁民，他們的漁權主張其實被無視了，簡直就像「國家」這種想像侵吞著自己的國民，令人毛骨悚然。

用完餐，結束與小蘇的通話後，雪芬走向裡南方，要回民宿。一路上寂寥晦暗，明明有路燈，卻無法溫暖雪芬堅硬的感情外殼。她思考的齒輪像配置錯誤，彼此碰撞，發出尖銳刺耳的聲響。雖然夜晚很冷，她卻覺得胸口悶悶的，又有些發熱。某種不舒服的情緒卡在胸中。

她想像陳黃慶子坐在那個時光凍結的房間，用刺青的手爪打開電視，畫質粗劣的螢幕躍出釣魚臺引發的爭議。她每天出門散步，遇上認識的人，大家卻都在說要去釣魚臺。自認ウチナーンチュ的她，到底會以什麼心情面對呢？如果重點在漁權，那是南方澳漁民的文化與歷史，她可以與他們站同一陣線；但如果重點在主權，她會不會覺得整個南方澳都變得陌生？

果然還是無法恨她，雪芬想。即使對鑫垚做了殘酷的事，陳黃慶子一定也有自己的困境；她不確定陳黃慶子失蹤到底跟保釣運動有沒有關，如果有，最慘的情況是什麼？她想像九月二十四日那天港口有無數隻手揮舞著國旗，要是揮得太用力，會不會造成威脅呢？臺灣的愛國者會像中國那樣砸車打人嗎？

甚至更嚴重，會不會狂熱到將陳黃慶子誤會成日本人並殺害——不，不，不至於。雪芬為自己狂躁的想像力心寒。既然沒發現屍體，就沒有命案；更何況，陳黃慶子二十九日再度出現過，不，如果二樓看到的鬼影也是她，那她今天就出現過……

雪芬也不懂自己怎麼了。她沮喪地覺得自己在發神經，但這也只是不負責任的情緒抒發，不算客觀評價。唯一知道的是，她有無法消解也無法辨識的情緒。她同情陳黃慶子，但為什麼？她也搞不明白！說到底，她根本不認識陳黃慶子，憑什麼同情她？但如果不是同情，現在自己心裡的那股躁熱到底是什麼？

路上沒半個人，他們像是被遺忘了，就連停滿內埤漁港的船，看來也莫名孤獨。雪芬彷彿聽到某種聲音——就像船隻在波浪中碰撞，但港裡波瀾不驚，別說碰撞，這些船甚至不動如山，這帶來現實與感官印象的歧異；那清脆而篤定的聲響，像日本庭園裡的「添水」，竹筒隨流水注滿翻轉，敲擊石板，「叩」的一下回環往復。這些聲音緩慢而有序地溢滿宇宙，將不協調、不一致的豐富音階徹底驅除。雪芬沉入這單調的泥濘。

叩。叩。叩。叩。叩……

就像時間靜止，或流動得非常慢，那枯燥的聲音有如推開腐朽木門的聲響被放慢一百倍，連時間本身也隨之撕裂。

叩。

藏匿在民宅間的城隍廟旁站著一位老婦。她朝雪芬走來，一開始雪芬還像被嚇到的兔子，停下微微縮起身體，但她看清對方的臉，放心了；什麼啊，這位老婦不就是她中午在那個房間裡看到的陳黃慶子女士嗎？就像在冬天喝熱咖啡，她覺得好像已經認識陳黃慶子很久很久，久到能對她完全放心。但她還是帶著一絲警覺。她記得自己是為了鑫垚而來，要寫出鑫垚的故事——但那不就是陳黃慶子的故事嗎？既然如此，她當然要採訪眼前這位關鍵人物！所以在暖洋洋的輕鬆底下，她問了關鍵問題。

「——你是魔神仔，還是シッキー？」

理解自己問出什麼的瞬間，雪芬像掉進冷水，總算清醒過來，差點發出尖叫！剛剛的舒適感是怎麼回事？這就是妖魔鬼怪的捉弄？牠們竟能控制人的感受？儘管腦子裡還有著餘溫，她忍不住寒毛直豎。

眼前的老婦絕不是人。

雪芬想逃，但她不想背對陳黃慶子，最後竟動彈不得；陳黃慶子笑了，像對朋友說話，過來牽起雪芬的手。老婦手上的刺青映入雪芬眼中，像在透明濃縮的時光裡鑽進鑽出的細小蚯蚓。

「哎呀，你總算來啊！我一直咧等你。來來來，我有物件欲予你。」祂說出熟悉的話。

「……毋免啦，勞力（謝謝）。」

雪芬將手抽回。她雖強作鎮定，但顫抖的聲音出賣了她。

「毋免？敢誠實的（真的嗎）？」陳黃慶子雖然疑惑，臉上的笑容卻沒消失，反而更加開懷，看來有點嘲諷，「莫客氣啦，我欲予你的物是你一直咧走揣（找）的物件喔。」

「我愛的物件，我會靠家己揣著。」

雪芬想退後，無奈腳就像不聽命令的怠惰僕人，怎樣都不肯動。

「誠有氣魄。」那東西凝視她，臉上的笑像能吸進人的靈魂，或讓天旋倒轉；不，應該說已經旋轉了。雪芬突然醒悟自己為何僵在原地，她彷彿三半規管受到擾亂，產生了在翻騰巨浪中搖晃的錯覺，因此身體本能地不敢移動。她有些想吐，陳黃慶子接近她，友善到讓人放下一切戒備。

「毋過，我共妳講，勉強家己是無啥好處的。」老婦苦口婆心地說，「有一寡物件，你閣按怎拍拚嘛揣無，天邊海角你會使攏走一逝，毋過流逝的時間，煞怎樣嘛無法來回……」

「無要緊，我會盡力。多謝你的好意。」

在雪芬遲鈍的感官中，整個夜空好像都在移動，要是出現一顆流星，它就會永遠留在天空上，變成潔白悠長的銀線分割夜空。她的暈眩已超出個人感官，但這不表示她喪失理智與判斷，她還是能說出合理的回應。

陳黃慶子離雪芬極近，近到雪芬能感到老婦的溫度，老婦再度牽起雪芬的手——應該有吧？雪芬已經不太能辨別那到底是不是幻覺。陳黃慶子的聲音像夜裡突然出現的鬼火：「按呢毋著喔，講啥物盡力，干焦是揣藉口爾爾。」

「啥？我無……」

「噓！莫講白賊，你就是逃走矣。明明可憐的佑娥想逃走的時你偏偏共阻擋，誠過分。」陳黃慶子喃喃自語，「你敢是著驚（害怕）矣？我知影，有一寡人會佇欲得著想欲愛的物件進前煞來躊躇，上尾（最後）放棄。你嘛仝款吧？就算共真相囥（放）在你的面頭前，你嘛會逃閃。」
「我袂逃避真相。」雪芬篤定地說。
「敢有影？」陳黃慶子瞪著她，雖然還笑著，但那笑容的感覺完全不同，是帶著威脅的笑。雪芬毛骨悚然，突然沒這麼暈眩了；老婦說，「是啊——你家己可能是按呢想的。毋過若真相著囥佇你眼前，你會按怎看待？雪芬，你會僥疑彼是假的，嘻嘻嘻嘻嘻，可憐喔，你這樣是永遠查無真相的……」
雪芬像被打了一巴掌。她感到害怕，因為眼前的老婦彷彿不只是陳黃慶子，還混雜了一些她熟悉的人物進去；同時她也感到憤怒，因為陳黃慶子在挑釁她、嘲笑她！不過她也知道，令她最無法忍受的不是被嘲笑，而是被對方戳破的羞恥感。她大喝：「才無咧！」
但她是白費力氣。陳黃慶子已經消失了，她是在對空氣洩憤。不過，陳黃慶子的聲音沒有隨著身影消失，它從四面八方湧來，像潮水，或盤踞在海港的幽靈。
「敢無？嘻嘻嘻……雪芬啊，了然喔！我知影矣喔，你無論按怎攏無法得到你欲愛的物件，一世人攏受著無解的問題使弄，慾望無法度來消解……然後閣愛為著家己的無能來編出優雅閣無失尊嚴的藉口，永遠閃避落去。嘛著啦，鑫垚畢竟是十幾年無見的學弟仔，你心肝內一定是按呢想的吧？無必要為他遮爾頂真（這麼認真）——」

「你到底想怎樣！」雪芬忍無可忍，用國語怒吼，她追溯聲音源頭，像忘了所有恐懼；陳黃慶子在哪？祂在船上嗎？在民宅的窗戶裡？還是城隍廟的廟簷上？雪芬突然發現城隍廟旁有一條小徑——奇怪，剛剛有這條小徑嗎？她走到小徑前，只見這條路極其狹窄，窄到彷彿只有小孩能通過。

陳黃慶子就站在裡面，與暗夜共享相同的顏色。

披著老婦皮囊的怪物發出嘲笑：「按怎啦？你哪會閣徛佇遐？緊走啊！橫直你有的是藉口來逃走。逃走，落尾（然後）後悔。你敢毋是一直按呢？嘻嘻嘻嘻嘻，結果你啥人攏無救著，誠可憐，你明明只要綴（跟）著我就好矣……」

老婦搖搖晃晃走向小徑盡頭，在黑暗中漫舞；這是往哪裡的小路呢？從地形看，似乎是通往將裡南方跟南方澳分開的山，這是直達山的核心的祕徑。

可惡。

雪芬腦袋發熱，她不只感到憤怒，還有超出憤怒的其他情緒。海風再度吹起，背後船隻不規則的碰撞聲也響了起來。雪芬緩緩回頭，知道背後的海港、小丘、天空都是真實的，就像握起沙，能用皮膚清楚感到每一個顆粒。

這是現實世界。

反觀對面，她的前方，城隍廟旁小徑的盡頭，卻是一片闇濁。

直覺告訴她，這條小徑並不尋常，要是踏進去，沒有人知道會發生什麼事。她大可轉身離開，像陳黃慶子說的一樣，逃走。但她已經被迷惑了，就像魔神仔那讓人迷失心智的魔法，雪芬被勾起某種情緒，而且那情緒不是剛剛才被賦予，而是早在不斷疊加的時光中蓄勢待發，直到被那東西戳穿。

雪芬冷靜下來，至少她這麼覺得。她拿出手電筒，光線滑進小徑，她不久前才換過電池，應該還可以撐幾小時。看著這通道，她突然覺得該打給佑娥，但直覺告訴她沒有那種時間；在她猶豫時，這奇蹟般的通道就會消失。

這條通道裡有什麼？為何她停在這裡？雪芬不明白自己在追尋什麼——不，或許是知道的，只是無法簡單地用語言表達。她被推到了無法放棄的臨界線前，這使她喪失明晰的判斷力。她的思緒就像被當成食材放到同一個鍋子裡悶煮，最後分不清什麼是什麼，等意識過來，結論已如觸電般竄進她的神經末梢，讓她跨出一步。

她由海港走進黑暗。

那條狹窄至極的通道，居然輕而易舉通過了；抬起頭，眼前的密林就像層層堆砌般看不見盡頭。即使剛剛心中的警報響個不停，但在她穿越後，也就沉寂了。不是已經沒有危險，而是敲響警報的心靈機構被雪芬的行為嚇到，大喊著「你這笨蛋，怎麼不聽警告呢！」，無奈地將警報關掉。

雪芬知道已經沒有退路。

那些櫛次鱗比的二、三層樓住宅，就像被吸進流沙，被她遺棄在後方。所有屬於人類的氣息都消失，泯滅，腐蝕殆盡。她開始習慣黑暗，月光像幽冷的火點燃山的表面，密林底下有條石階，那怪物——陳黃慶子就在前方，臉孔被濃濃的黑暗包覆，竟像在等她；雪芬用手電筒照去，光卻不夠集中，或被黑暗拒絕，她只好照向地面，朝怪物走去。

怪物也開始走。

不知不覺間，山裡的樹都在晃，像在笑，在哭，在憤怒地吼，像一頭情緒化身而成的猛獸要將宇宙吞沒。

羅雪芬正式踏進「山」。

十二

——說起來，「山」是怎樣的地方？

通常這種日常語彙都沒有科學定義。對平常人來說，山就是那樣符合直覺的東西——隆起的高處。對遠方的重巒疊嶂，就指著它們說是山；近處拔地而起、高達好幾層樓，需要以仰角四十五度抬頭觀看的地勢，也說是山；站在傾斜的坡道上，看著遠遠低於自己的平地，也會意識到自己在山上。對大多數人來說，山不過就是地形的變化。

但大錯特錯。山沒這麼簡單，無法被化約成溫度、形狀、顏色，也就是說，山其實更加沉默，像黑貓躲在陰影裡，山的本質也躲在寥寥三劃寫成的概念後。雖然理解山並不容易，但可以這麼說：山是人類尚未征服的場所。所謂的征服，就是否決一切的主張。人類首先征服了自然，接著地表本來擁有的事物，如青蔥的草皮，野性的灌木，掛在樹上鳴叫的鳥與小動物，還有蝴蝶，花朵，那些讓人聽著就慵懶的聲音，全都被消滅；當人類開始積極主張自己的權力並宣讀成法條，自然會先被清掃乾淨，連一個碳原子都不剩，並把征服自別處的自然拿來當原料，從零開始打造出都市。也就是說，人類所征服之處，必然順應人類的規劃與想像，這就是「人類性」。

但山不具人類性。所以人們對山又愛又恨。在經過漫長的演化之前，人們本來生活在山林裡，很難不對山抱著某種鄉愁，彷彿山頂有某種接近母乳的香甜流洩而下，徜徉在山的懷抱，就像被按摩了基因；但人也不能不憎恨山，因為山否決了「人類性」，太不方便了。要喝水的時候，居然不能按一下飲水機的按鈕就流出乾淨的水，更別說熱水還要自己煮沸，在海拔較高的地方，煮沸甚至不見得能取得理想的溫度。不方便就算了，山對人類也毫不體貼。要說危險也確實危險，但比起危險，最重要的就是沒有「人類性」，所有人類習慣、適應了的直覺在山上都不起作用，就像本想觀察可愛小動物，草叢卻鑽出了一條蛇，還有劇毒。山沒有惡意，但能把人逼瘋。

雪芬就是陷在這樣瘋癲的裝置裡。

被夜晚籠罩的山，正是對人類來說最恐怖的時空；雪芬剛開始還藉著手電筒的光照路，後來就暫時收起來，一方面是保存電力，另外是月光暫時還足以照亮前方。她跟著陳黃慶子，或假冒成陳黃慶子的鬼怪，雪芬直到此刻都還不知道那是什麼。她問過祂是魔神仔還是シッキー？對方沒回答。事實上，祂可能是截然不同的東西。但魔神仔是山的精怪，如果那怪物是魔神仔，這裡不正是魔神仔能展現各種威能的舞臺嗎？

這或許能解釋一個不可思議的怪現象——雪芬跟了這麼久，陳黃慶子居然一直在不變的距離外。無論雪芬走快、走慢，祂與她既沒拉近，也沒拉遠；雪芬不禁想到一個傳說，據說民國八〇年代後，玉山出現了所謂的「黃衣小飛俠」，這種穿著黃色小飛俠雨衣的怪物會帶人迷路，要是跟著祂們，不管跑多快都追不上。

這種不變的距離，或說不可接近性，或許就是這類山精共有的特徵。但說也奇怪，她並不氣餒，而是沉默地跟著；就像將石頭推上山的西西弗斯王，以某種壯絕的意志接受徒勞。即使如此，恐懼還是亦步亦趨跟上她的腳步。

最初是有什麼從她腳邊竄過去，發出非常巨大的聲音，可以跟被卡車撞出去的聲音比擬。雪芬覺得那東西非常大，對習慣人類世界人們來說，拳頭大的老鼠就夠大了。事實上雪芬根本就沒看到那東西的全貌，但光是聲音，還有莽撞推開她的腳的力道，就足以讓她嚇到驚慌失措。

接著是密林裡怪物的叫聲，從這裡到那裡，從這根樹枝跳到那邊的樹梢。她聽不出是猛禽還是野獸，只知道第一聲怪叫在林間響起時，她也發出了驚呼，忍不住向前狂奔。當然，陳黃慶子並未加快腳步，但祂就是持續保持著距離。某種程度上，那鬼怪在這片黑暗中令她無比安心，因為不變的距離正是最穩定的關係。

當然夜晚的恐怖不只這些，各種不可思議、難以解釋的現象輪番出現，有些甚至連是什麼都說不清楚；究竟是聲音還是觸覺？是遠是近？稍縱即逝還是永不終止？無論如何，這些模糊而混沌的東西，有些甚至只是預兆，都實實在在地恐嚇著雪芬。然而，雪芬的恐懼逐漸消失。並不是習慣了，而是她開始思考一些問題——尋找解答的過程往往能消解恐懼。對她來說，這比唸心經或罵髒話更有效。當她視線鎖定在陳黃慶子的幻影時，腦中龐大機械的發條也正在被拴緊——

第一個問題，為何她在這裡？

其實這問題已經很難追究了。雖然雪芬覺得她是按自己的意願走進小徑，卻很難說明原因。不是沒有，但那原因或許無法說服他人，至少很難轉為簡短的語言；當然，她無法否定自己是被鬼怪迷惑了——她曾擺脫鬼怪加諸在她身上的安心感，但誰知道那是不是鬼怪的算計？以退為進，讓她以為自己握有主導權，其實仍是在鬼怪的控制下？雪芬唯一知道的，只有她並不後悔走進來。

如果勉強分析那個原因的主要元素，大概是憤怒吧。

沒什麼明確目的，更接近一時衝動；即使如此，她也不後悔。然而為什麼？雪芬到底為何憤怒？是被鬼怪激怒的嗎？不，早在遇上鬼怪前，雪芬就已經感到憤怒，只是當她從南方澳走回裡南方時還沒完全想透這種情緒的真相，直到陳黃慶子說她想逃，反正鑫垚只是十幾年沒見的學弟……

她沒這麼想過。即使曾經很接近，也沒有真正這麼想過。之所以接近，也不是薄情，而是她意識到自己可能無能為力；當資訊越來越多，事情全貌越來越清晰，她卻意識到自己身陷泥沼。這種無力不是憑空出現的，她早就意識到，只是一直無法處理，才裝成沒看到。

鬼怪只是讓她察覺到自己憤怒的原因，但她不只是為自己的無力憤怒，一開始她就生氣了，不是嗎？她的憤怒一直沒有平息。鑫垚失蹤後，那些網路上的鍵盤偵探冷言冷語，將鑫垚幻想成某種罪犯，這就是雪芬開始調查的原因。她本想提供關於鑫垚的另一個觀點，但現在卻碰壁了。她當然可以寫出令鑫垚受苦的ウチナーンチュ認同，但要是報導發布出去，網民會怎麼想？他們會同情嗎？

或許有人同情……雪芬還沒對所有人失望，但她知道更多會是嘲笑。

說到底，鑫垚的認同就像海市蜃樓。她想到浦島太郎的故事，要是有個老人突然出現在村裡，說自己從龍宮回來，打開箱子後就變老了，一般人聽了應該會笑吧？說到底，人就是不會認真看待自己常識外的事。人類最常見的秉性，就是把無知當成寶貝供奉起來，這不讓人生氣嗎？

雪芬覺得很冷，或許是夜更深了。與此同時，她卻聽見嘻嘻嘻、哈哈哈、呵呵呵的聲音，這種嘲笑撼動森林，有如海嘯。星空異常明亮，如無數眼睛正注視著她。

有人可能主張鑫垚的認同是一種妄想，我們要端正他的思想，讓他面對現實。但雪芬不這麼想。拜託，難道人們的認同是奠基在現實上？別鬧了！一種認同要成立，人數夠就好了。這不難想像啊，有著共同認同的人團結起來，彼此支持，要是有幾千個人相信自己是外星人後代，聚成一個村落，誰又能否定他們建立的傳承？頂多就是說，嗯，這個村子的人怪怪的。說穿了，鑫垚的認同再平凡不過，甚至可以說，「異常」是每個人的起點，只是一群有著相同「異常」的人聚在一起，人們就產生「平常」的錯覺。真可笑，鑫垚被當成異類，只是因為同類的數量不足。

而且雪芬很清楚——一般人動不動就嚷嚷的「現實」，不過就是藉口！真相是人人都活在「神話」裡，無人例外；譬如去年三一八學運，某些電視臺以相同材料做出結論相反的報導，被嘲笑為「平行世界」，如果人類真的是信服真實的生物，還會出現平行世界嗎？如果活在現實裡要追究無數的真實，那太麻煩了，絕大多數人都不想這麼做。明明如此，人們卻毫無自覺，盲目相信真相被自己獨占！某種程度上，這是祝福，也是詛咒——不必看透現實也能活下去，那再癡呆的愚者都能幸福吧？鑫垚會痛苦，只是因為不夠愚蠢。

這不讓人生氣嗎？有人會不為此生氣嗎？對那些光靠人數眾多就群聚在一

起嘲笑少數的人們，任何有常識、有道德的人，不是都該譴責嗎？但世界毫無道理，就像根本沒打算銜接在一起的齒輪，宇宙一定是個設計失誤的機械……即使如此，人類還是成了稱霸地球的物種；說到底，人類繁衍靠的既不是倫理也不是卑鄙，而是自戀。

再說到「端正」認同，認同是能隨隨便便改變的嗎？雪芬光想就好笑。假設——隨便舉個例——假設今天俄羅斯占據了臺灣，臺灣人就會覺得自己是俄國人嗎？國籍改變了，認同就會自動改變？

或許有人願意承認鑫垚的苦難，但只有極少數人會同情，另一部分只覺得「確實很悲慘，但這是特例，不值一提」。說到底，不過是把跟自己不同的事物當成特例，偷懶地移到視線外，假裝不存在罷了。可是，這種生命歷程真的很罕見嗎？雪芬有位原住民朋友——當他跟雪芬說這些話時穿著筆挺的西裝，看來優雅和善，與你我沒有差別——他說，身為臺灣原住民，其實就像「出生在異國」一樣。

雪芬能理解。拿這陣子鬧最大的「反黑箱課綱」來說好了，爭論的重點在中國文化比例，但這關原住民什麼事？大多數人對「臺灣人」的想像就是漢人，根本沒想到原住民，就算新聞報導講到原住民，也往往是當成異質的「他者」。

但他們就是出生在臺灣，根本逃不了。漢人看不見那種「透明的牢籠」，就當成不存在，這實在令人氣結。

雪芬知道一個殘酷的例子。原住民族有傳統社會階層，但這個社會階層與現代國家體制是徹底決裂的。譬如，明明該聽頭目的話，但頭目不是國家體制下的地方官，沒有地方實權，要是一片土地上有兩種制度，其中一方有著國家機器的威能，那人們要如何服從傳統？二〇〇三年，一位鄒族頭目本著傳統，在山上維持部落的秩序，將懷疑竊自林班地的蜂蜜沒收，卻遭漢人控告犯下強盜罪。或許有人說，原住民要學習現代化啊！但現代是什麼？西化嗎？說到底，不過是兩種思維，其中一方仗著人數優勢毫無反省地推給另外一方罷了！那些人口中的現代化只是滅絕傳統，這種割裂發生在我們任何人身上，都不會有人樂意接受，那為何逼迫原住民？

鑫垚跟他們一樣，生活在不屬於自己的國家，這是多疏離的感受啊！臺灣原住民人數有五十幾萬，所以這是特例、很罕見嗎？顯然不是，只是跟國家體制站在一起的人視而不見罷了。要是原住民有自己的土地、自己的政權，跟漢人在政治上平起平坐，漢人能這樣囂張跋扈嗎？說到底，原住民是臺灣原來的主人，卻被征服者驅逐到山上，征服者成為主流，原主人反淪為異質——所謂的山，難道是被排斥的異質者的容身之處？

雪芬靠思緒驅逐恐懼，胸中的憤怒越來越龐大，但累積起來的不只是憤怒，還有悲傷與迷惘；她之所以如此生氣，是因為在成為社會線記者前，她就已決定要維護弱者的尊嚴，但世界蠻不講理，就算一篇絕妙的專題報導，有十萬人來看，也不過占臺灣總人口的兩百分之一，這不禁讓她感到維護人們尊嚴竟是這麼困難的事。

鑫垚的處境並非特例。在社會線記者羅雪芬的眼中，早已上演過眾多例子。臺灣就是有眾多認同的地方——這喚出一個尖銳的質疑，那就是「臺灣」到底是什麼？如果這麼多不同認同的人共同生活在這裡，臺灣有可能不分裂嗎？但為了臺灣的團結，難道真的要將非我族類徹底消滅，將異質者徹底同化？只有這點，雪芬無論如何都無法同意，因為粗暴地將自己的認同推給別人，獨斷地要求別人變得跟自己一樣，是惡魔的行徑。

雪芬這些思考，固然奠基在她長久的個人沉澱，另外也與山的魔力有關。山屏除了人類性，關於人類的一切會在進入山的瞬間失去邊界，宛如泡沫，因此雪芬也正在失去屬於人類的面向，這使她的思考嚴重外溢。國家的邊界消失了，民族的邊界消失了，社會的邊界消失了，再這樣下去，連家族、個人的邊界也會消失，她將會成為一個純粹的思考者，只是漫遊在知識與情感彼此觸碰的柔軟之地，忘掉自己是誰，忘掉自己為何上山；事實上，當她陶醉在自己的憤怒中，她已經忘卻自己的目的，這就是山造成的。

這時，陳黃慶子失去了蹤影。

祂是瞬間消失，還是雪芬過分流連於自己的情緒裡，連祂何時消失都不知道？雪芬不得而知。但在發現陳黃慶子消失的同時，她突然清醒過來。

——雪芬抬起頭，剛開始有些疑惑，就像剛起床，映入眼簾的卻不是熟悉的天花板。她看向身後的山路，那甚至不是山路，是穿越連獸徑都不存在的密林而來。為何自己在這？不，她知道自己為何在這，或說是想起來了，但現在已經不這麼確定，她開始無法理解自己入山的動機。

夜禽振動翅膀的聲音令雪芬縮起肩膀，心跳像落地的砲彈那樣響亮，她渾身冷汗，用手電筒照向四方，但月光比手電筒的光強，這麼做毫無意義。這是她不熟悉的山，甚至不像南方澳；雪芬冷靜下來後慢慢釐清現況，她知道自己一定是被鬼怪戲弄了，雖然入山的地點在南方澳，但這裡可能是離南方澳很遠的山區。

真教人欲哭無淚。

值得慶幸的是，手機還有電，能收得到中華電信的訊號；雖然非常微弱，雪芬立刻打開電子地圖，但不知是不是訊號太弱，程式雖然打開了，卻一直讀不到自己位置，連地圖的圖檔都讀不出來。

等了半天，她還是不知道自己在哪，怕手機沒電，只好關掉程式，順便也把手電筒關掉。

接著該怎麼辦？

雪芬思考存活下來的辦法，同時也開始思考別的問題。為何那個鬼怪要將自己帶到這裡，祂想害死自己嗎？雖然鬼怪害人並不奇怪，但先前失蹤的玉城夏子、陳黃慶子、陳鑫垚，他們間有顯著的脈絡，要是算上自己，未免格格不入；不過，鬼怪作祟也未必真有什麼理由。

雖然她一時受到打擊，但雪芬也算見過世面，沒這麼容易受挫。她提起精神，想先回到山路或小徑，卻不確定該往上還是往下；想下山的衝動讓她覺得應該下切到溪谷，但直覺否定了。她往高處看，不遠處好像有一個突起，那個角度或許能俯瞰整個山下，搞清楚自己在哪。她決定先過去確認狀況，反正隨時能往下。

她推開樹叢，抓住比較堅硬的樹枝將自己往上拉。

意外的是，那裡看來很近，雪芬卻花了五分鐘還沒走到，她意識到自己對山中距離的掌握能力太差了。畢竟她就是在都市長大，平常也沒在登山，她開始嘟囔回去要好好鍛鍊體力；這算是某種定心丸，令她相信自己真的能回去。她還沒喪失希望，還差得遠。

突然「呼答」一聲，有什麼迅速從林中飛過！雪芬嚇得差點滑下去，她迅速抓緊攀在樹上的藤條，同時縮起身子，擺出防衛姿態。那東西遁入黑暗，一瞥之中，牠彷彿異常巨大，像隻猩猩。雪芬小心翼翼地瞥向那東西離去的方向，發現山坡上有什麼；她直覺地拿出手電筒，把光照向那——

是人。

嚴格地說，是人的腿腳！雪芬這個角度還看不見全貌，只能看到褲管跟雙腳。她振奮起來，毫不猶豫地拉著藤條移動，朝那人走去；對方可能需要幫助！拜託，這時就不要是魔神仔的惡作劇了。

穿過灌木叢，那人躺在相對開闊、地勢也比較平坦的泥土地上，像被山放在掌心裡托著。月光清晰地撫出他臉部輪廓，是雪芬認識的人，雪芬甚至不知道該不該詫異。

是失蹤的鑫垚。

陳鑫垚穿著機師的制服，身體側躺，微微蜷曲，潔白的制服到處是髒汙，不知為何沒穿鞋，兩腳裸露出來，沾滿泥土。他像死去般一動也不動，神情卻平靜祥和。雪芬蹲下來摸他頸動脈，心裡一寒——他身體好冷！值得慶幸的是，鑫垚的心還在跳，雖然相當微弱。

「鑫垚，你聽得見嗎？」雪芬呼喊他的名字，但鑫垚像冰冷的石塊，臉部僵硬。雪芬注意到他張著嘴，裡面塞著些東西，便拿光去照，並用小拇指的指甲輕輕去挖。

……褐色的泥土。

魔神仔——不，是シッキー嗎？雪芬已經搞不清楚了。這麼說來，鑫垚真的是被鬼怪帶走的？雖然心裡還有一丁半點的懷疑，但這座山有它的氣氛，某種揉合神聖與戲劇性的靈光降臨在鑫垚身上，太有說服力了，雪芬不得不認可這確實屬於超自然的威能。突然她想起佑娥，徬徨不安的心燃起一絲溫暖，意識到該把找到鑫垚的事告訴她；雪芬從通訊錄裡找出號碼，原本還擔心信號不夠強，但沒多久就聽到撥號聲。佑娥接起電話，雪芬得救般地鬆了口氣，感動於重新聯繫上人類世界。

「喂，雪芬姐，什麼事？」佑娥的態度沒有異樣，這讓雪芬推測自己應該失蹤沒有多久，至少還沒被發現。

「佑娥，我確定一下，今天是二〇一五年六月十三吧？」基於保險，雪芬還是問了一聲。既然自己被鬼怪牽走，那真實時間或許已經跟體感不同。佑娥有些困惑：「是啊，怎麼了？」

「沒什麼，」雪芬馬上切入重點，「我被魔神仔或シッキー牽走了，現在在我不認識的山上，應該不在南方澳。」

「什麼？這是怎麼回事！」

「說來話長。別擔心，我會想辦法下去的。既然還能打電話，應該沒什麼好擔心的，除非你也是鬼怪的幻覺。」雪芬開了個玩笑，心裡卻冒出不好的預感；她還真怕是這樣，鑫垚，這通電話，全都只是鬼怪矇騙她的幻覺。

「我不是！但我也無法證明……雪芬姐，你有辦法知道自己在哪嗎？我有什麼可以幫的？」

「目前還不知道，而且網路很差，無法用電子地圖。我會先到高處，看有沒有線索。對了，還有一件事，我找到鑫垚了。」

「什麼？找到鑫垚的什麼？」佑娥好像不太相信。也是，雪芬平穩地說：「找到鑫垚本人。那個鬼怪好像把我帶到了鑫垚附近，總之我剛剛發現他，他還活著，但生命跡象很微弱，我也叫不醒。」

手機那端一時沉默了，但雪芬能想像，對面一定有很多情緒。過了一會兒，佑娥才有些顫抖地問：「所以，鑫垚真的是被鬼怪帶走的……？」

對喔，雪芬差點都忘了她曾表示鑫垚失蹤可能有科學的解釋。她說：「目前看來是這樣，至少我還沒有別的解釋。總之你別擔心，我一定把鑫垚帶下山的。」

「……謝謝你，雪芬姐，鑫垚就拜託你了。我好希望能在你旁邊，但我連你在哪都不知道……總之，有什麼我能幫的，請立刻跟我說！」

「我知道。抱歉，我要保存手機電量，雖然我也很想一直保持通訊，但先說到這。」

結束通話時，手機電量只剩三二％。微妙的數字，但聯絡到佑娥還是讓她安心不少。她打量環境，決定朝最初定下的目標前進。她得記住鑫垚的位置，便在附近拍了好幾張照片。

不可能背鑫垚下山，她沒那種體力，最妥切的方法就是下山找人救他，因此她絕不能丟失鑫垚的所在地。雪芬也考慮過其他可能，像等她弄清楚自己位置後，留在鑫垚旁邊，打電話請人來救。但她真的能弄清自己位置嗎？要是有一〇一大樓那樣明確的地標還沒問題，就怕等會在制高點看到的是毫無辨識性的城鎮，不，更糟的是沒有城鎮，只有無窮無盡的山。

雪芬忐忑不安地來到高處，總算鬆了口氣——不是什麼崇山峻嶺，她看到地面與海；但仔細觀察，她又心下一沉，還真的沒看到熟悉的地標，只是普通的海港。其實是否普通，她也不怎麼確定，因為實在太暗了，雖有燈火，在夜裡卻像組合起來的黑橡木模型，只能勉強看到事物相接的線條。再往下看，她驚喜地發現一條路，還是公路！像是黑色的蛇，而且這裡意外地不高，直接下切就能接到公路了，只是公路上沒路燈，似乎很鄉下。

雪芬又拍了幾張照片，用來記錄自己位置，然後果斷下山。她充滿期待、奮不顧身地要回人類世界，雖然還有距離，但既然在視野所及處，就是實實在在的希望！

可是接下來的事，卻完全出乎她預料；與其說沒這麼平順，不如說是怪異離奇。

她花了大約兩小時下去，沿著公路來到海港旁的城鎮，城鎮看似平凡，但某種走進幻夢的異常感卻越來越強。是空氣的味道嗎？還是過分明亮的夜空？不，甚至行道樹都很奇特，兩旁行道樹竟是一種頗為低矮，有點像棕櫚樹的東西，雪芬好像沒在哪個城鎮看過。

即使就要重返人間，雪芬的不安卻沒消失，就像浦島太郎回到故鄉，發現一切都變了；她甚至有點恐懼。好不容易到了有路燈的地方，雪芬找到一戶人家，那戶人家門前居然沒門牌號碼，雪芬依然不知道這是哪個鄉鎮縣市，只能敲門求救。

開門的是一位婦女。

「××××××？」

她才剛開口，雪芬就怔住了；不可思議地，她竟產生一種類似羞恥的情感。這人說的話，雪芬竟完全聽不懂！她沒想到自己怪異的預感會以這種方式成真，面對婦女懷疑的眼神，雪芬連忙解釋：「我是……我遇到山難，不對，我沒有惡意，我……Never Mind. Can you speak in English? I come from Taiwan.」

一開始她還用國語說話，但很快意識到不對，懷著一線希望改用英語。那婦女表情綻放開來，像是懂了：「Ah! Taiwan!」

雪芬被請了進去，但她很快發現對方其實聽不懂英語，只是聽懂了「臺灣」而已。婦女招呼全家人過來，也不知在說什麼。怎麼會這樣？難道她真的穿越了幾百年，連語言都變了嗎？可是看科技的感覺，跟雪芬的年代差不多啊！她用最簡單的英語「I need help」來表達需求，一名女孩子拿來電子辭典，搞清楚雪芬的意思後，他們居然都慌了；雪芬知道他們沒有惡意，但語言不通，連他們為何慌張都不懂，一陣混亂中，他們把雪芬帶到離房子不遠，有點像警察局的地方，門口寫著漢字——

久部良駐在所。

雪芬茫然看著。在被拉近駐在所前，她就像著魔般瞪著這六個字。駐在所，這是怎麼回事？難道她在日本？怎麼會！但她猛然想起佑娥的話——陳黃慶子不是說過嗎？シッキー能將人帶到幾百公里外，就算跨海也能把人帶走，難道自己是被シッキー帶來的？但自己跟玉城夏子完全不同，既不是沖繩人，也對沖繩沒有認同啊！為何會被帶到這裡？

那戶人家沒給雪芬思考時間，他們找警察來，七嘴八舌地說些什麼，夾雜好幾次「Taiwan」。警察懷疑地看著雪芬，跟她講了幾句話，雪芬還是聽不懂。不過，這警察講的是標準日語，這她倒能聽出來。本來警察有些咄咄逼人，一開始的婦女卻像在幫雪芬說話，對警察凶巴巴的，警察露出無可奈何的表情，起身打了電話。雪芬有些不安，接下來究竟會怎麼樣？這裡真的是日本嗎？如果真的是日本，為何她剛剛能打電話給佑娥，難道佑娥真的是幻覺？

情況越來越混亂。不知不覺間，警察不見蹤影，本來安靜的駐在所開始有人進進出出，越來越多人聚集過來。駐在所本就很小，旁觀的人竟擠到外面去，他們看著雪芬，像在看珍奇的動物，難道警察是打電話叫這些好奇的人來？沒多久，警察扶著一位年紀很大的婦女進來，那位婦女緩緩開口。

「我按呢講，你敢聽有？」

是臺語！

雪芬沒想過自己會這麼懷念臺語！她連忙點頭，兩人用臺語溝通，沒多久，她總算弄清現況——這裡是與那國島的久部良。一聽到自己在與那國島，雪芬毛骨悚然；這裡正是玉城夏子的故鄉啊！老婦問她發生什麼事，雪芬說她遇上シッキー，是被シッキー從臺灣帶過來的。老婦聽了激動起來。

「シッキー？你知影シッキー？」

老婦用自己的語言對旁觀者嚷嚷著，態度相當興奮，旁觀者認真聽著，很快也喧鬧起來；那些話，雪芬自然是一句也聽不懂。徬徨之間，雪芬想起自己的遭遇不重要，連忙跟老婦說山上還有一個人等待救援。

這話剛說完，老婦立刻氣勢洶洶地說了幾句話，幾個男人衝出去，沒多久就有兩輛貨車開到駐在所前。老婦用臺語說：「我叫恁組織一个搜查隊，有……」她回頭問旁邊的男人，男人回話，老婦繼續說，「有二十幾个人。阮這馬就會當出發，你敢知影彼个人佇佗位？」

雪芬心中感動，激動地向老婦鞠躬道謝。她來到駐在所外，就像老婦說的，貨車旁站了二十幾人，其中還有不少年輕人，包括國、高中生年紀的男孩。其實他們老早就在了，看來是對她這個神祕陌生人有興趣，這時就直接加入搜查隊。

事情接下來的發展異常順利，簡直像冥冥中有什麼在幫助；那位老婦年紀大了，無法同行，但她找了個英語好的年輕人。那位年輕人當司機，雪芬坐在副駕駛座，她給年輕人看照片，對方馬上就知道雪芬拍照的地點在哪。沒多久，大家抵達她從山裡切出來的路段，車停下來，除了兩個人在車上等，其他人都跟著雪芬一起進山。

「××××、××××××××××、×××？」

一個少年黏在雪芬旁，雖然活潑卻扭扭捏捏，進入山裡不久，他終於忍不住問了句話。會英語的年輕人幫忙翻譯，少年是說：「聽說你們是被シッキー帶到這裡來的，真的嗎？」

「是啊。」雪芬點頭。

「臺灣怎麼會有シッキー？」

好問題，任何聽到此事的人大概都會這麼想吧？但經過這一切，シッキー還是魔神仔，在雪芬的心中已經很模糊，因此她笑著說：「就是有。」

這是毫無根據的斷言，甚至違背事實，但雪芬不是信口雌黃。

他們不到一小時便找到鑫垚，最先發現的人大聲呼喊，其他人趕過去，發出的歡呼超越語言藩籬，不論哪個國家的人都能懂；最壯碩的男人將鑫垚背起，另一個人挖出他口中的泥土。雪芬總算放下心了。搜救隊陸陸續續下山，雪芬跟著，眼角餘光卻看到銀色的光輝，原來星光流過叢林的間隙囤積在地面，像劇場的聚光燈，讓剛剛鑫垚躺著的地方反射著湖光般的潤澤；那裡有一個凹坑，很淺，大概只有五公分。這個坑比當時蜷曲身體的鑫垚大一點點，剛好抵著他的頭頂與腳底，鑫垚被移開後，雪芬這才看清那個坑的形狀。

那是巨大的腳印。

凹陷的形狀與細節非常清楚，顯然是一隻右腳，腳後跟部分壓得較深，前面能看到足弓的形狀，甚至五根腳趾也清晰可見；雪芬有些震撼，如果這是腳印，那這個人究竟多巨大？有這麼大的腳，不就是所謂的「巨人」嗎……？

社寮島跟與那國島共同流傳的巨人傳說閃進她腦海。

「What's going on?」

見雪芬留在原地，會英語的年輕人回過頭找她，或許是怕她又給シッキー給迷住了。雪芬從驚駭中回神，搖頭表示自己沒事，跟著下去。一路上，那個腳印就像踏進雪芬腦海，攪著她的思緒。當然，可能只是巧合，是大自然偶然排列成的形狀，只是被錯覺成腳印。但這樣的凹坑，出現在對失落巨人產生認同的陳鑫垚底下，即使是巧合也令雪芬頭皮發麻。

簡直像某種隱喻。但太離譜了，又不是小說，隱喻怎麼可能活生生介入現實，以不可思議的預兆展示自身？這一定是巧合。

回到貨車上，鑫垚被抬上貨車的載貨區，會英語的年輕人說島上有診療所，但現在不是營業時間，診療所也沒急診，所以他們要直接把鑫垚送去醫生家。雪芬當然答應了。這次她沒坐副駕駛座，而是跟搜查隊的人一起待在鑫垚旁邊。貨車微微晃動中，雪芬覺得卸下了所有重擔，就快睡著了；對了，好像該打電話給佑娥，但她真的好累，想先休息一下。等見到醫生再說吧。

算起來，鑫垚已從飛機上消失八天了，他還活著根本就是奇蹟；如果他是從那時開始就不吃不喝，早該衰竭而死了！總不會他嘴裡的泥土有什麼神奇功效，反而讓他活命吧？要不就是，鑫垚已不是人類，在被鬼怪帶走後，他化身為巨人，在與那國島的山上留下巨大腳印——當然，這是雪芬的妄想。比起這些，其實她該擔憂自己。她沒帶護照，也沒有出入境紀錄，該怎麼解釋發生在自己身上的事？該不會自己反而成為大新聞吧！

鑫垚又會如何？要是他能得救，他會怎麼解釋發生在自己身上的事？他能解釋嗎？雪芬自己都不知該如何解釋了。將她抓到這裡的鬼怪，到底是魔神仔還是シッキー？她在臺灣的南方澳失蹤，所以是魔神仔嗎？但她現在在與那國島，所以是シッキー嗎？這兩種鬼怪都有帶人到遠處的紀錄，無論是何者都不奇怪……

說起來，為何雪芬面前的鬼怪會以陳黃慶子的形象出現？鑫垚在駕駛艙裡喊「あっぱー」，看到的應該也是陳黃慶子，而他們都被帶到這——

突然間，雪芬坐直身體，某種可能閃進她腦海。

不會吧？雪芬駭然。

難道是這樣？某種異想天開的假說水到渠成，在她心裡拼出驚奇的複雜紋路，雖然非常亂來，卻也自成道理！本來這起怪事件就有幾件事令她不解，像她為何被捲進來？相較於有特定脈絡的玉城夏子、陳黃慶子、陳鑫垚，自己無疑是個外人，為何鬼怪選上自己？還有，為何鬼怪以陳黃慶子的樣貌出現在自己面前？陳黃慶子是鑫垚的親人，借用她的樣貌出現無可厚非，但直到今天以前，雪芬從未見過陳黃慶子，如果要惡作劇，用自己熟悉的面孔不是更妥當？

還有最重要的一點。那個鬼怪把自己帶到與那國島，沒多久她就發現了鑫垚，很難想像這只是巧合；難道，那鬼怪希望雪芬拯救鑫垚？怎麼可能，無論是魔神仔或シッキー，鬼怪哪會這麼友善！

但要是果真如此呢？倘若鑫垚不只是單純的受害者，還是這場離奇失蹤事件的真正主角，事情又會如何……？

雪芬也還沒完全釐清，但她的思路是從鑫垚自己的疑問開始；去年在情人灣上，鑫垚曾問佑娥，要是他失蹤，帶走他的究竟是魔神仔還是シッキー？這問題固然反映了鑫垚對認同的迷惘，但撇開哲學議論般的討論，要是他真的神祕失蹤——對，就像現在這樣——到底要怎麼判斷是魔神仔還是シッキー所為？

這問題難以釐清，是因為混雜了太多層次在裡面；以陳黃慶子的主張為例，鬼怪依附著文化或血統，所以只要是ウチナーンチュ，遇到的就是シッキー；對認同明確的人來說，這算是簡單明快吧！但要是在認同上迷惘呢？如果分辨鬼怪要仰賴心理層面的認同，那以提問表達迷惘時，答案已注定闕如。

說起來，「是魔神仔還是シッキー」有個弔詭，既然這類鬼怪同時流傳在不同族群間，為何不可能是Lalimenah或Saraw？為何非得二擇一？原因很簡單，因為鑫堃的認同只有二擇一。魔神仔跟シッキー被視為不同存在，是因為他心中的臺灣人與ウチナーンチュ是判然二分的文化體。但真的有必要選擇嗎？真的有必要割除自己的一部分，尋求完整嗎？捨棄才能完整，根本是矛盾的悖論。

鑫堃曾一度透過史前史追求臺灣與沖繩或琉球的精神聯繫，但陳黃慶子消失，讓鑫堃不得不堅持「她是被シッキー帶走的」；或許就是那時起，必須做出選擇的責任感如鬼魂般攀附著，要是遲遲無法下定決心，他也會自責吧？所以一定要有人告訴鑫堃，沒必要這樣，沒必要強迫自己分裂。

但誰能告訴他？誰有資格告訴他？鑫堃精神世界裡的事情，有誰能夠撼動？說來或許有些荒唐，但要說「誰」有資格與立場說服他，就只有**被國族想像附身的鬼怪**了！要是鬼怪跳出來主張，說區分魔神仔與シッキー毫無必要，那鑫垚自認不得不做出的選擇，就根本不能成立。

這會是「作祟」的動機嗎？

太瘋狂了。但繼續追究下去，這不是也能解釋為何鑫垚非得在駕駛艙裡消失嗎？對迷惘的鑫垚來說，魔神仔跟シッキー無法成為簡單明快的答案，但不論鑫垚的想法，鬼怪作祟其實有客觀判斷根據——也就是鑫垚爺爺的主張。

鑫垚爺爺說，只要發生在臺灣，就一定是魔神仔。某種程度上，這或許算某種屬地主義。既然鬼怪作祟必有場所，那鬼怪的身分，最少也能以領土進行裁決；但飛行在大海上的空中密室，到底屬於哪個國家？這對大多數的人來說太過曖昧。因此消失在駕駛艙中，實質上抹除了「魔神仔還是シッキー」的客觀根據。

但只要鬼怪不打算置鑫垚於死地，他就一定會在某處「被尋回」；或許鬼怪只能將人帶到山上，所以鑫垚才在山上被發現，但無論是臺灣或與那國島的山，都會讓屬地主義再度成為判斷根據，這又該怎麼辦……？

這就是雪芬被捲進來的理由。她成了鬼怪的棋子。

鑫垚在與那國島的山上被發現，等他醒來，或許會將惡作劇的鬼怪判斷為シッキー吧！藉著這個客觀事實，他會讓自己接受其中一個認同。但要是有另一個人——沒有認同衝突的人——她從臺灣消失，到與那國島再度出現，由於不可思議地跨越國界，魔神仔與シッキー的分野就再度模糊了。事實上，這正是雪芬真實的感受；她當然知道魔神仔跟シッキー屬於不同文化圈，但事到如今，她不覺得強行區分有任何意義。對鑫垚來說，她的體驗會成為否定的根據，將被領土裁決的審判推回曖昧不明的黑盒子。

但這論證要成立，有個重要前提：鑫垚跟雪芬遇上的鬼怪必須是同一存在。要是兩人的遭遇是獨立事件，雪芬遇上的怪事就無法用來否證鑫垚的獨斷，所以鬼怪才會用陳黃慶子的外貌登場！透過某個特定身分，他們的經歷不再是獨立的，兩起離奇失蹤被統合起來，消除了國界——

對，消除國界的作祟，就是這場盛大惡作劇的真面目。

但怎會有這種事？說到底，為何這鬼怪非得費盡苦心處理鑫垚一個人的迷惘？雖然沒證據，但雪芬心中浮現一種可能：這鬼怪極可能在某種程度上繼承了陳黃慶子的意志，甚至就是陳黃慶子自身；她幡然醒悟自己傷害到鑫垚，並打算修補。其實這推論很荒唐，魔神仔是精怪，シッキー是妖怪，都不是人死後變成的，陳黃慶子不可能變成這種山精，對吧？不過誰知道呢？雪芬又不是妖怪專家，或許——在某個傳承中，人死後會變妖怪。

雪芬凝視沉睡的鑫垚，腦裡千萬個念頭流過。這是真相嗎？她不這麼想。她很清楚這套理論有多缺乏根據，僅僅是空中樓閣，吹口氣就倒了；但那又如何？說白了，要是鬼怪出現在她面前，得意洋洋地說一切不過是祂的心血來潮，那種真相有什麼價值？就算只是妄想也好，她想知道這套自我中心的理論，究竟能不能將鑫垚從長久以來的孤獨跟長輩留下的咒縛中解放出來。這是雪芬開始旅程後第一次看到光，足以讓網路上那些閒言閒語，還有不懂孤獨的好事之徒變得微不足道！她甚至沒想過這道光可能存在。不，其實這還不能稱為光，只是希望罷了。因為有沒有辦法成為光，要看鑫垚本人怎麼想。

雪芬期盼著鑫垚醒來，她多想盡快與他分享這個假說啊！就算只有不到萬分之一的機率為真，它所暗藏的恩惠也遠遠超過萬分之一；這件事，只要能拯救一個人就夠了。雪芬抬頭，這天晚上她已看過無數次星空，但這是她第一次放寬心情，將整片星空包進自己的心裡。她想起小時候，爸媽說可以向流星許願，而她在第一次看到流星時不但許了願，還伸出手，試圖將流星握進手裡。

在這沒什麼光害的與那國島，流星每幾分鐘就劃過天空，從這裡到那裡，比雨更安靜，也更豐富。

「So beautiful……」

雪芬發自內心讚嘆。貨車進入城鎮，漫長而穩定地晃動著，而鑫垚像做了個夢，他挪動身子，雖然只是轉身，卻睡得很舒服一樣，某種滿足的笑融化了他岩石般的表情，像生命滾燙起來。

後記

或許會有讀者抱怨「這篇小說根本還沒寫完」吧？

還有謎團沒解開——是的。有些謎團，我雖有答案，但不認為羅雪芬有機會知道，所以寧願沉默。也請讓我多做些解釋，最近我的寫作路徑，有一條是透過臺灣鬼怪傳說來描繪「臺灣性」，這篇小說正是其中一種可能；既然如此，我有兩個安排也在回應我對臺灣的看法：

第一，對那些過於古老的事，我們只能推測，無法討出真相；不是因為歷史沒有真相，而是我們必須對歷史抱持敬意，主張能夠絕對正確地詮釋歷史，那是失敬的。第二，當代的臺灣認同還懸而未解，雖然故事試圖討論，但不會出現答案。

正因是臺灣，才不會所有問題都有解答。

這篇小說雖以「魔神仔」為主題，卻很重視「巨人」意象。相對於矮矮小小的魔神仔，或許會讓讀者覺得有些突兀吧？其實這意象是有緣由的。我很喜歡石黑一雄《被埋葬的記憶》，這本小說的英文標題沒有記憶，而是「The Buried Giant」，這個「Giant」，可以被解讀成巨人。到底「Giant」是什麼呢？或許每個讀者都有不同的見解，但我則根據我的解讀，將「The Buried Giant」當成巨人，把其意象借用到這個故事中。

「南方澳真的有好多東西消失了。」

這是佑娥在故事中說過的話。在本作出版的現在，小說裡提到的那座大橋也已於二〇一九年十月斷裂，又一項南方澳的事物消失了；從消失的猴猴族開始，不斷重複的喪失——這一切，都是「被牽走的巨人」。

講點題外話……不，或許也不算題外吧？畢竟與創作理想有關。總之，這篇小說是我對「後外地文學」的嘗試。

什麼是後外地文學？其實這是我瞎掰出來的創作理念——對，沒什麼了不起，只是硬要講得很酷炫而已；所謂的後外地文學，是對外地文學的回應，然而什麼是外地文學？最簡單的理解，大概就是殖民地文學吧。這是由日本時代文學研究者島田謹二提出的，他指出外地文學有三元素：

一、異國情調。

二、寫實主義。

三、鄉愁。

什麼是異國情調？或許可以這樣理解——外地文學的預設作者，是那些在臺日人，他們生活在臺灣、已有臺灣生命經驗，這些人創作出來具臺灣風貌、以臺灣為主題的作品，即是外地文學。對內地人來說，這種臺灣風景就相當於異國的幻夢吧！那是浪漫、美麗、充滿綺想的。雖然對在臺日人來說，他們可能只是書寫生命經驗，也就是寫實主義。總之，外地文學是殖民地文學，但與此同時，我們也可以把它視作地方主義文學。

在當代的臺灣文學史研究上，外地文學飽受批判。

為什麼呢？其中一個重要的原因，是「異國情調」使臺灣成為被凝視的對象——相對於「內地」的「外地」，這難道不是被想像出來的嗎？舉個例子，說到原住民，許多漢人都有愛喝酒、開朗、體能很好之類的刻板印象，但這些想像也有可能不符現實。主張原住民就是那樣，當成事實在傳播，結果就是表面上在談原住民，原住民卻是缺席的……異國情調也是如此。異國必然是本國的凝視，換言之，即是他者；那以異國情調為前提書寫的臺灣，有沒有可能反而使真正的臺灣缺席呢？

這是外地文學的危險。明明在寫臺灣故事，卻讓臺灣失去主體，這在殖民體制之下更加嚴重。看到這裡，讀者可能有些好奇，既然外地文學如此惡名昭彰，為何後外地文學要回應它？

這是因為——「異國」確實是浪漫的。

有個審美上的弔詭。出國旅行時，宗教場所往往是重要的觀光景點，我們也著迷於那幻彩的裝飾、神祕的符號、介於神聖與恐怖間的怪異塑像；但對國內的傳統宗教場所與活動，主流意見卻傾向那是惡俗的。像是看不起廟會，覺得鞭炮聲太吵等等，但要是在國外被捲入熱鬧的大型宗教活動，再吵都能接受吧？

那畢竟是異國啊！

這種弔詭，可能肇因於我們太習慣這個環境，產生審美疲乏，以致無法將臺灣視為美的對象。對外國人來說，臺灣廟宇當然是美的——這就是異國情調；另一方面，身為都市人的我們也失去與傳統宗教的連結，高速的現代化改變了生活，傳統反而變得格格不入，我們不再抱持關心——與此同時，我們對歷史也幾乎不抱持關心了。

現在，我們或許正站在一個重要的時代交岔口。

我不想說怎麼做才是正確的。但毫無疑問，我們的每一個決定，都會決定臺灣未來的樣貌；然而略過臺灣史，我們要怎麼界定臺灣呢？畢竟臺灣的族群多元而複雜，每個族群都有自己的歷史，或自己版本的歷史。如果不同族群要產生共同的臺灣想像，至少也要理解歷史的複雜性。但要是當代已喪失對歷史的關心，我們要如何談論臺灣？身為小說創作者，我對這個問題的關注是：我們怎麼引起讀者對臺灣史的興趣？

我的看法是浪漫化——

把過去的臺灣當成異國來描寫，刻意賦予幻想怪奇，以呈現臺灣之美；如果我們能在通俗作品中燃起讀者對臺灣史的好奇，自然就有利於談論何謂臺灣，而後外地文學，就是我所提出的方法論。

參考外地文學三元素，我也提出後外地文學三元素，如下：

一、異國情調

二、實際地景

三、鄉愁

我所說的異國情調，與島田謹二的異國情調不同，是有意識地賦予幻想之美；而這份幻想之美，是奠基於時間帶來的距離感——正如外地文學的外地，是相較於中心的邊陲，如果沒有空間上的距離，異國便不存在。後外地文學則是透過時間上的距離形成異國，所謂時間上的距離，並非僅僅書寫過去某個時間點，而是意識到讀者是從當代的角度觀看該時間點。

以拙作〈潮靈夜話〉（收錄於《華麗島軼聞：鍵》，九歌出版）為例，在書寫一九三〇年代的同時，特別著力於當時地景，就是企圖透過「已經不存在的風景」或「不可能的風景」來營造幻想性；現在仙洞旁邊的防波堤，已非昔貌，而社寮島上的千疊敷，也不可能有著如鏡般的海面。但這種不可思議的幻境，是奠基在讀者可能親臨基隆的仙洞與社寮島，這個當代實景與悠久時空的落差，允許幻想被覆蓋到實際地景上，真實的地理空間也成為通往歷史的門扉，那份歷史是美麗、綺想的、宛如異國的歷史。

這也是我將實際地景視為後外地文學重要元素的原因。實際地景具備身體經驗的基礎，得以成為有力的想像參照點。又如〈鱷魚之夢〉（收錄於《筷：怪談競演奇物語》，獨步出版），故事發生在被水庫淹沒的學校與村莊，但當主角抵達沉入水底的廢校時，那座學校居然完好無缺——這是不可能的場景，因為該學校已成廢墟。如果是虛構的地景，這一幕其實是「可能」的；但正是建立在實際地景上，才因不可能而夢幻。此一夢幻之所以成立，正是讀者身處的時空，成為視點的中心。

外地文學以內地為中心，後外地文學則是以當代為中心，預設中心的存在，才使異國幻想成為可能。

至於鄉愁——這是書寫後外地文學的重要動機。在現代，臺灣人對臺灣還沒有共同的想像。就算有，也很容易成為剝削式的想像。但對臺灣人來說，那個尚未出現的臺灣想像，才是理想的故鄉，不是嗎？期待這樣一個想像出現，是我書寫後外地文學的殷殷盼望。

讀到這裡，讀者可能會質疑，這套理論真的有必要回應外地文學嗎？說到底，此一理論的主張，不過就是根據實際地景書寫幻想，引發讀者對地方史的興趣，作為討論「何謂臺灣」的資本。即使不回應外地文學，此主張依然成立。但我是這麼想的。有意識地編造幻想——難道沒有危險嗎？畢竟歷史是無法自我主張、自我維護的。在對歷史毫無敬意的凝視下，幻想反而會扭曲歷史。選擇回應惡名昭彰的外地文學，正是一種自我提醒；在臺灣的殖民帳還沒算乾淨，甚至對臺灣想像尚未形成共識的現在，異國情調是需要格外謹慎的。

大眾小說能有助於認識「臺灣性」？

坦白說，我自己也覺得太樂觀。但要說這是徹底徒勞無功的，倒也不盡然；就算我提出的理論不堪一擊，只要我們有著共同的鄉愁，那後外地文學就像是拋磚引玉，我期待著那塊美玉能發出懾人的光輝。

在歸鄉之前，我會繼續寫作下去。

最後請容我致謝。小說中的沖繩史觀，受限於我自身知識，雖有友人宥任協助，仍有未能全面釐清之處，還請見諒；此外，由於臺語並非我的母語，本文之臺語文正字，皆由小鶴協助翻譯而成，在此感謝以上二位。也感謝我童年舊友盧博士非自願的友情客串。

主要參考資料

邱坤良《南方澳大戲院興亡史》
松田良孝《被國境撕裂的人們：與那國台灣往來記》
奥野修司《沖繩走私女王：夏子》
林美容、李家愷《魔神仔的人類學想像》
小原猛《琉球妖怪大図鑑》

說妖

魔神仔：被牽走的巨人

2021年1月初版　　定價：新臺幣280元

著　　者	瀟湘神
叢書主編	李時雍
校　　對	施亞蒨
內文排版	極翔企業
封面繪圖	潘家欣
封面設計	謝佳穎

出版者	聯經出版事業股份有限公司
地址	新北市汐止區大同路一段369號1樓
叢書編輯電話	(02)86925588轉5319
台北聯經書房	台北市新生南路三段94號
電話	(02)23620308
台中分公司	台中市北區崇德路一段198號
暨門市電話	(04)22312023
台中電子信箱	e-mail：linking2@ms42.hinet.net
郵政劃撥帳戶第0100559-3號	
郵撥電話	(02)23620308
印刷者	文聯彩色製版印刷有限公司
總經銷	聯合發行股份有限公司
發行所	新北市新店區寶橋路235巷6弄6號2樓
電話	(02)29178022

副總編輯	陳逸華
總編輯	涂豐恩
總經理	陳芝宇
社長	羅國俊
發行人	林載爵

行政院新聞局出版事業登記證局版臺業字第0130號

本書如有缺頁，破損，倒裝請寄回台北聯經書房更換。　ISBN　978-957-08-5685-9 (平裝)
電子信箱：linking@udngroup.com

國家圖書館出版品預行編目資料

魔神仔：被牽走的巨人/瀟湘神著．初版．新北市．
聯經．2021年1月．232面．14.8×21公分（說妖）
ISBN　978-957-08-5685-9（平裝）

863.57　　109020677